SAINT-JOHN PERSE
风

Vents
suivi de *Chronique*
et de *Chant pour un équinoxe*

〔法〕圣-琼·佩斯 著

管筱明 译

著作权合同登记号　图字 01-2020-4585

Saint-John Perse
Vents suivi de *Chronique* et de *Chant pour un équinoxe*
ⓒ Éditions Gallimard, 1960 for *Vents* and *Chronique*
ⓒ Éditions Gallimard, 1975 for *Chant pour unéquinoxe*
All rights reserved

图书在版编目(CIP)数据

风/(法)圣-琼·佩斯著;管筱明译.
—北京:人民文学出版社,2021(2025.1重印)
(巴别塔诗典)
ISBN 978-7-02-016581-0

Ⅰ.①风… Ⅱ.①圣…②管… Ⅲ.①诗集-法国-现代 Ⅳ.①I565.25

中国版本图书馆 CIP 数据核字(2020)第 162772 号

责任编辑　朱卫净　何炜宏
装帧设计　李苗苗

出版发行　人民文学出版社
社　　址　北京市朝内大街 166 号
邮　　编　100705

印　　刷　凸版艺彩(东莞)印刷有限公司
经　　销　全国新华书店等

字　　数　50 千字
开　　本　889 毫米×1194 毫米　1/32
印　　张　5
插　　页　5
版　　次　2021 年 6 月北京第 1 版
印　　次　2025 年 1 月第 2 次印刷

书　　号　978-7-02-016581-0
定　　价　59.00 元

如有印装质量问题,请与本社图书销售中心调换。电话:010-65233595

目录

风

一

1 这是在这个世界所有表面刮的疾风　_5
2 "你们啊,被雷雨浇得一身沁凉……凉爽和凉爽的抵押品……"　_8
3 这是十分巨大的力量,它们在这个世界条条小径上增强　_10
4 一切都要重新评价。一切都要重新述说　_15
5 ……艾亚,深渊之神,你的哈欠不会更大　_17
6 "醉吧,再醉一点,"你说,"醉到不承认喝醉了……"　_20
7 ……艾亚,深渊之神,怀疑的邪念会转瞬即逝　_27

二

1 ……那下边,腐殖土和树叶的浓香里,是一块块新田畴　_33

2　……更远，更高，正是征鞍上的单瘦男子去的地方　_37
3　……风中一些磐石仍将占据我的沉默　_42
4　……机运啊，把冲积的大岛拖出它们的烂泥，引向碧水　_45
5　在神的丰足里，人本身也丰足　_49
6　……整个地区染上了热病　_53

三

1　昔日一些人曾用这种方式抵挡风　_59
2　……还有一些人曾以这种方式在风中生活和攀登　_62
3　已经有别的力量在我们脚下，对纯粹的石头二至点发怒　_66
4　……可是问题正在于人　_69
5　"争讼，我不熟悉你。我的意见是，人们要生存！"　_73
6　这场诉讼是最后的诉讼。诗人在其中作了见证　_76

四

1　……这是昨日。风沉默了　_83

2 人仍在人的街道上投下他的影子 _86
3 正是在你沉思的当口事情突至 _92
4 某个秋天的晚上,我们会随着雷雨最后的轰隆声回来 _93
5 风和你们,亦和我们,同处在我那种族人的街道 _98
6 ……这是在人的土地上刮的太大太大的大风 _106
7 当强力更新了人在大地上的床 _110

纪年诗

一 "高龄啊,我们现在到了高龄。高地上笼罩着黄昏的清凉" _113
二 "高龄啊,您说谎:是火炭之路而不是灰烬之路……" _115
三 "高龄啊,我们来自大地的所有岸滩" _118
四 "地球啊,我们这些漂泊者,曾经梦想……" _121
五 "高龄啊,我们现在到了高龄。与这意义重大时辰的约会已被订立,而且是老早以前。" _123

六 "……像他那样,手搭在坐骑脖颈" _125

七 "终于收拢了一件更宽大的粗呢衣服的下摆" _129

八 "……高龄啊,我们现在到了高龄——而且迈着人的步伐走向结局" _132

献给一个二分点的歌

干旱 _137

唱给一个二分点的歌 _146

夜曲 _148

被那里的那个女人歌唱 _150

风

献给亚特兰塔和艾伦·P.

1

这是在这个世界所有表面刮的疾风,

欢蹦乱跳跑遍世界的疾风。它们没有巢也没有窝,

没有看管员也没有看管办法,于是把我们稻草人,

抛给它们尾流上的稻草年……啊!是的,所有生命物表面刮的疾风!

它们闻着帝王之位,闻着苦行者穿的粗毛衬衣,闻着象牙,闻着玻璃碎片,闻着整个物的世界。

而且,在我们竞技者、诗人最伟大的诗句上奔向它们的职责,

这是在这个世界的所有小径上搜索猎物的疾风,

在所有必亡的事物,可领会的事物上,在整个物的世界上搜索猎物的疾风……

它们在被包围的人心上嗅出衰弱和干枯，

便在我们城市的所有广场，制造这种稻草和香料的味道，

宛如公共大石板被揭起的时候。于是心把我们举到

职务麻木的嘴巴。而神则从精神的伟大作品撤退。

因为整整一个世纪散布在它稻草的干枯之中，散布在奇特的末端：在豆荚尾上，在长角尖上，在簌簌颤抖的东西头上，

如同一株大树，披着去冬的烂衣，缠着去冬的系犬索，穿着已逝岁月的号衣；

如同一株大树，在其枯木摇铃和陶土花冠里颤抖——

一株耗尽遗产行乞为生的参天大树，它的面目被爱情和暴力烧焦，但欲望仍将在上面歌唱。

"哦，你，欲望，你将歌唱……"可它难道不已经是我的整个篇章？

我的篇章本身飒飒作响，如那冬季光秃秃的神奇大树：没有实现它圣像和物神的命运，

便去抚慰飞蝗的遗骸和鬼魂,把一群群飞鸟和昆虫交给天空的风,而留下最高级语言的冲积地和淤淀层——

啊!语言的参天大树,它充满神谕和箴言,发出先天性盲人在知识丛中的低声抱怨……

2

"你们啊,被雷雨浇得一身沁凉……凉爽和凉爽的抵押品……"叙述者登上城墙。风和他一起,就像戴着铁手镯的萨满巫师:

为了给新生儿洒圣水,他穿了衣服——厚重的蓝睡袍、红缎带、长裥风衣,指尖将风衣边捏紧。

他吃了死者的稻米;他在死者的裹尸棉布上给自己剪取使用者的权利。然而他的话是对活人说的,他的手伸向未来的盛水盆。

他的话对于我们,比一泓新水更清凉。凉爽,和凉爽的抵押品……"你啊,被雷雨浇得一身沁凉的你……"

(可是它不会,不会用脚跟蹬断歌的连贯?)快,快点!活人的话!

叙述者在废墟瓦砾的清凉中登上城墙。脸上为爱情涂脂抹粉如逢葡萄酒节……"在此刻诞生你们的时间是如此短少!"

昔日，神的精神在开膛破肚的鹰的肝上，和铁匠的铁器活上映现，因此神从四面八方包围了活人的黎明。

用内脏、呼吸和呼吸的颤动所做的占卜！用天上的水和江河的神意裁判①所做的占卜……

而这样的仪式是有利的。我将采用。神给予我的诗以厚爱！但愿这种恩宠他不会缺少！

"受美梦优待"是选用来颂扬聪明人境况的熟语。而诗人还从他的诗中发现办法，

因为他把这种诗的占卜，以及黄昏时一个人在四周听见的所有声音，

或者一个走近宰杀黑马作祭品的重大仪式的人，看做灵验的占卜。——"作为主人说话。"听者说。

---

① 中世纪条顿施行的裁判法，如令被告把手插入火或沸水里，若不受伤，便定无罪。

3

这是十分巨大的力量,它们在这个世界条条小径上增强,它们从凌辱和不和的场合获取高于我们诗歌的源泉;

它们在全世界放荡不羁——哦,整个物的世界——它们生活在未来的巅峰,在制陶人的黏土坡……

在大海那激情澎湃的叙事歌声中,它们带着对拍卖、破产的兴趣四处溜达;它们在所有沙滩,支配着巨大的精神灾难。

而在黄昏匆匆的脚步中,在精神更糟的混乱中,它们创立一种崇高的新风格,它将使我们未来的行为变得高尚。或者,它们在远方的岛屿争夺神圣的机运,把我们无法参与的艾赛尼派①的争吵举到山上……

---

① 一个犹太教派,成员穿白袍奉行苦行主义,独身,财产共有。

错误与神奇,还有诡辩的青蝇蜩通过它们繁衍;盐田周围醅剂的辛辣,森林入口色情的凉爽通过它们扩散;

由于它们,不安笼罩着死海虚幻的岸滩,笼罩着小羊驼有色的驼峰,笼罩着汇集种种传说和世纪重大谬误的神奇荒原……

它们用新观念骚扰台风的黑绒团和低垂的天空。那里,精彩的放逐会四处奔走。

它们让情欲的海蓬草在所有沙滩上蔓延,保证生长的种子和精液会有荜澄茄和丁子香那样的乐趣。

它们允许活人低语和唱歌,不是我们已经提及的那干枯心灵的低语。

把话说完吧,叙述者!……它们在居里一家门前呼啸。它们让神的石像睡在自己脸上,让领洗证书睡在荨麻下面,让巴戎寺①睡在丛林里。

它们解放了荆棘和国王们的地砖下的泉源。——在审计法院内院,在网球场,在撒落着石印品、古书和女人书信的小街。

---

① 柬埔寨大庙,建于12世纪末,以雕像塔著称于世。

它们支持石的愤怒，助长火的争吵；它们与人群一起涌入友善的大梦，直到郊区的马戏场，为了让最高帐篷爆炸，让它那妓女的、梅纳德①的蓬头乱发和布景吊索一起飞扬……

它们与浪荡女人、修女一起，在天主教与战盔、利剑和古老圣骸盒一般颜色的海洋上，去那出身低微的男人和无长子继承权的儿子们去的地方；

它们附着在牧人和诗人的脚步上，在途中把摩门教淡紫色的海鸥、荒漠的野蜂和一群群在海上移动的昆虫纳为己有。那些昆虫宛如团团移动的烟，给海滨女人的遐想充作遮阳帽舌和床顶华盖。

*

它们就这样在我们时代的弯道口增强、呼啸。它们带着这新的啸声从高处走下。啸声里，谁也认不出它们的种属。

在民众的床上撒下，啊！撒下——我们说，让它们撒吧！——啊，撒下信标，尸骸，里程碑，还愿的石柱，边境的掩蔽所和礁石上的灯笼；如猪圈般低矮的边境掩蔽所，土坡上更矮的海关，白珊瑚岛棕榈树

---

① 希腊神话中酒神狄俄尼索斯的女祭司，后指疯狂的女人、荡妇。

下废置的炮台——那些岛屿被家禽损毁——海岬的小教堂,交叉路口的十字架,三脚桅杆和瞭望岗,篓筐、谷仓和贮藏室,林中的祈祷室,山上的避难所,贴布告的栅栏,碎屑上的耶稣受难像,地理学家的石方向盘,探险家的碑铭边饰,沙漠旅行队和大地测量学家(或许还有赶骡子或放羊驼的人?)的石板堆,畜栏周围的铁棘网,给牲畜烙印的人露天安设的洪炉,宗派信徒举起的石块,地主用石头垒成的标记,还有你们,厂主高高的金栅门,和家族大商号精工制作饰有鹰徽的大门……

啊!撒下——我们说,让它们撒吧!——每块大赦的石头和每块有错的石碑,

于是有一晚它们为我们恢复了大地瞬间的真面目。在那里,在海索草和龙胆之间,诞生了百来个处女和原牛。

就这样增强着,呼啸着,它们坚持不懈地唱着这支十分纯美却谁也不理解的歌。

当它们把死的作品与活的作品,把非凡与最佳分开时,

它们便以希望的梦来给我们解热,它们便在丝的床上,如同睡眠的女祭司,换毛期中的翅的女

儿,啊!如同蛹期的蜂——鞘中的翅衣,箭袋里的翅捆——

为我们唤醒封闭在未来的大页岩里的新文字……

啊,夜间的清凉,翅的女儿在夜晚变成晨曦:在那危险的顶点,在那最高的

树木与蕨的叶面!……"希望,给我施魔法吧,直至忘却那出生的梦……"

一如那训斥过帝王的人,我将听见梦的权力在我身上涌起。

"醉吧,再醉一点,"你说,"因为不承认醉意……醉吧,再醉一点,因为

居住在不和之中。"

4

一切都要重新评价。一切都要重新述说。而目光的长柄镰刀被引向一切!

一个人来到图书管理员们的石廊里微笑。——书的大会堂!……一个人在玛瑙台基上,透出青铜和大理石的光泽。一个无名之辈。他是谁?他不是谁?

墙是玛瑙垒的。灯盏在上面闪闪发亮。那人光着头,双手光溜溜的,立在黄色大理石的采矿场上——书籍就收在这里,藏在它们的闺阁;书籍就收在这里,藏在它们的壁龛,犹如昔日长着粗毛,缠着布带,养在大庙紧闭房间里的草畜,——忧郁的不可胜数的书籍,从高高的白垩隔层,带着债权与沉渣进入高涨的时间之潮……

墙是玛瑙垒的。灯盏在上面享有盛誉。寂静和科学,还有灯盏的夜,把高高的墙壁磨光。寂静和无声的日课。教士与教士的职位。埃及的神牛庙!

在翠绿新春的哪些节日，我们得洗濯这根指头？它沾上档案的灰尘——沾上这种陈旧的白霜，沾上已故王后，古罗马祭司的脂粉——如同触到因过多的月光过多的磨耗而毁灭的白陶圣城地层。

啊！把这黄土给我全部吹走！啊！把这诱物给我全部撤掉！枯燥和祭坛的诱物……忧郁的无可计数的书籍，排在它们苍白的白垩时期……

可在我的指骨上，除了这磨损和智慧的滑石粉，这触摸的知识的粉尘，还有什么？如同季节末尾，还有灰尘，花粉，苔藓繁殖的孢子、粉蝶翅翼的碎屑、乳茹菌托的鳞屑……所有小到极点的黄癣菌，深渊粪便上的沉积物，堕落底端的淤泥和渣滓——精神的灰烬和鳞屑。

啊！玻璃下这种洗衣粉和罨剂的温馨……这种筑墓的白土、漂白土、维多利亚式古老温室用的灌木叶腐殖土的芳香……这种氢化钠、贝壳泥灰、白生生的干椰肉、海藻晒场的寡淡气味，

啊！这种避难所和宫殿的味道，石头脚下的陈年白霜——枯燥和祭坛的诱物，珊瑚沙滩的溃疡，和黄道背信弃义时远处石灰岩巨浆的突然感染……

消失吧！消失吧！活人的话！

5

……艾亚,深渊之神,你的哈欠不会更大。

一些文明存在于镜子的火中,连同葡萄美酒的火焰,
而曙光自北方的佳节,降到女服装员手中,
尚未换掉它们的全套内衣。
今晚,我们将让死去的季节穿着夜礼服,披着老旧的金色花边安眠。
如同古装俏妹和风雅少男的餐桌翻倒时,一曲踏着军队步伐演唱的祭饼歌。
而我们的诗坐在岁月的大车上,十分轻灵。
别指望我会出席玛丽勃兰①一家的告别盛宴。谁还记得人间的节庆?——巴利人,潘诺尼亚人②,圣诞

---

① 法国19世纪著名女歌唱家,此处似泛指歌手。
② 巴利为印度拉贾斯坦邦的县城;潘诺尼亚是罗马帝国的行省。

节、逾越节和圣蜡节，还有感恩节……

未来的海岸，你们既知道我们的脚步将在哪儿踏响，你们便早已给新海滨大道的裸石和海藻涂上防腐香料。

把书籍留给江河，把灯火留给街道，我有更好的事情要干，在屋顶上观看风暴的涌起。

万一泉源缺乏一种更高层的认识，那就让一个孤独女人裸睡在顶楼——

正是那里，成千上万忧郁的书籍挤在搁板上，如同女仆和被租用的少女……

那里，有一张铁床供一位裸妇睡眠。所有的门窗都朝黑夜洞开。

妇人极美，贞洁，被接纳进城里的女界，

因为她娴静优雅，肌肤无可指责，那躯体的腹股沟周围，注入了龙涎香和黄金。

妇人异香扑鼻，一如往昔，在那青铜色的屋瓦下，独自与黑夜相伴，

与额上套着铁环的粗壮黑兽相伴，以便与神来往。

妇人任由苍天来闻她，仅仅为了苍天，她才袒露内心活跃的亲情……

妇人在天国被赐予美梦,因为她被我们记不起来的神祇闻过;

早晨又染上缄默症,她只用手势和聪慧的目光与我们说话。

于是在东方的天际,在清晨的征兆里,也有了意义有了暗示……

因此,当魔法师从大街小道

去衣着普通的同代人家中

并推掉一切公职的时候,

为了他这个悠闲自在、面含微笑、风度优雅的人,

苍天保持它事物的差异与叫法。

可正是在一天早晨,或许与这天一样的早晨,

当西边的天际波翻浪滚时,

苍天向风床上这些新阴谋征求意见。

然而这仍是威力和暴力的意见。

6

"醉吧,再醉一点,"你说,"醉到不承认喝醉了……"
一个人仍在风中立起。言语生硬如同碎骨。脚已经踏进起跑角……

"啊!是的,每件事物都开了封!但愿此话在活人中口口相传!

"尤其在地势低洼的街区——事物是重要的。

"而你们,新人,那被休弃的时间额头上沉甸甸的散发,你们将怎么处理?

"在卧室里做梦的人昨夜睡在世纪的另一边,面对着逆照的月光。

"另一些人则在涂着红铅的喷泉品饮新葡萄酒。我们属于这批人。我们就是忧愁,走向人的新葡萄酒,走向风的节庆!

"把梦做完吧,做梦的人期望在梦里发出惊叹。

"我们是在匆忙与解除中得到拯救。处处透着焦急的气氛。而在做梦人的肩上,显出梦和惰性的指责。"

"愿人们为我们在天涯海角寻找本领高强,因无所事事才从事魔法师的职业。

"无法预料的人。被神突然袭击的人。以新葡萄酒滋养,如被闪电洞穿的人。

"我们应该更好地利用他们的能力和玄奥的眼睛。

"我们和他们一起,在智慧和纵欲之中得到拯救。"

……我们尽管是忧愁,却仍走向人类的葡萄酒!

我们在酒中抬起新面孔,我们在酒中洗濯新面孔。

签约人和证人蘸着圣水发誓。

如果我们身边某人脸上缺乏生气,那就让人迎风扳起他的面孔!

风中行走的诸神并不白白地举起鞭子。

他们告诉我们——他们会告诉你们?——一百把新剑在时间之刃上磨砺。

他们也将磨快我们初生的契约,让其发出如箭头上石英或黑曜岩的光芒。

"保佑梦幻诞生的神明啊,我呼喊的不是你们,而是身穿短裙、热衷于行动的热情女工!

"我们以暴力和偏执来促进我们的事业。

"死人和破产者的状况我们不会操心。

"纵欲是我们的戒律,生性暴躁是我们的福利。

"浸透风的思想的巨著,它们究竟在何方?我们要把它们变成我们的食粮。

"我们的准则是偏袒,我们的习惯是分裂。神啊,我们在现场只有纷争不睦。"

在人类的疆界,我们的要求过于极端。

呼啸吧,破产者!风是强劲的!我们的特性正是这样。

我们起床,带着风中人的震天呐喊。

作为活着的人,我们向前走,要求我们作为生前赠予的财产。

让大家在各处和我们一同起床!活着的人啊,让人家把我们该得的全部送来!

*

啊!是的,一切事物都开了封。啊!是的,一切事物都被撕破！年岁飞过，架着高高的翅膀！……

稻草和羽毛漫天飞卷！符号的高潮上涌起泡沫与雪子的清凉！朝海的下城对白纸感到不安：诽谤文字与海鸥一齐飞舞。

处处依旧笼罩着焦躁气氛。奇怪的人类在四面八方昂首冷对这一切：手扶双轮转铧犁翻耕黑土地的农人，在低矮天空的息肉里奔驰的高原骑士，扯开最高的帆篷航行的海员。

巴贝夫主义哲学家光着头走出来，在门前观看城市。那城市三次被闪电的符号击中。在雷电之下，如在剑光之下，它三次被照得通明透亮。煤矿和港口的巨大设施清晰可见——一个废铁垃圾堆放场。它在天空的大毒树下，顶着鹿角权杖，活像萨迦①的苍老驯鹿：

"您哦，被雷雨浇得一身沁凉……凉爽和凉爽的证明……

"从诸神那里取回您的面孔，从煅炉火里要回您的光辉，

"现在您栖身于世纪旁边，您本来对它负有使命。

---

① 北欧传说。

"闪电之下，在那儿消逝的，是晚近的年代！

"快，快点！活人的话！活着的人啊，你们的兄长或许会跟你们一起躺在担架上。

"难道你们没有蓦然瞧见，一切都被吹倒在地——全部桅杆、帆缆和横桁，以及直接在我们脸上铺开的帆——像一大片失落的信仰，像一大块虚假的薄膜，一大截虚幻的裙服？——

"但愿在甲板上挥起利斧的时刻终于来临？……"

"撤去围墙，撤去界标！露出新草的种子和须芒！在广阔的地域上，给革新者心灵的抚慰……

"教理的蜂拥而入并不会让我们觉得意外，它们把民众包在锋芒上，好似裹了层泥壳。

"快，快点！锋芒在长！……在成长之物的欢呼中，难道没有为我们产生新的音调变化？

"我们将期待你，金灿灿的秋水仙！在铜的大潮里像一支大号吹奏的歌。

"如果才子更喜欢玫瑰园和羽管键琴娱乐，他将被狗吞吃。"

*

在情感的管风琴箱里狂喜吧，歌唱大师！

而你，诗人，不但抗拒传讯而且屡次重犯的人啊，你仍捧着台风的经谱迎风歌唱：

……"未来的海岸，你们既然知道我们的行动将在哪儿苏醒，我们的神明将在哪些新鲜肉体上起身，那就给我们留一张完全去除了虚弱的床……

"风在劲吹！风在劲吹！听吧，再听一听那雷雨在夜的大理石里耕耘。

"而你，情欲，将在欢笑的伸延和愉快的印痕下歌唱的情欲，你仍在丈量留待歌声泛滥的空间。

"灵魂关于肉体的要求纯属极端。就让它们来搅得我们心神不宁吧！就让一股极强的冲动，把我们带到极限，甚至超过极限吧！

"撤去围墙，撤去界标……给革新者心灵的抚慰……在广阔的地域上，风中响彻人类的同声呐喊，如同一支大号吹奏的歌……可是处处仍然笼罩着不安……万事万物的整个世界啊……"

*

海在暮色延伸下喃喃抱怨，好像负载沉重的畜生因奶水堵塞发出的呻吟。

沙岸在结籽的草丛间，在人类朝股票的运动中哼哼唧唧。

而在活人的无边帝国,在沙漠的草地之间,展开着另一种比我们的时代更为广阔的运动!

……直到那沉寂的荒郊野地。那里,时间在一顶铁盔里作巢——三片树叶飘零,围着已故王后的小骨,跳起最后一圈圆舞。

……直到那幽静地、琥珀乡的死水和忘川。那里,清澈的大洋在圣油里给它的金草上光——而诗人则注视那最最洁净的海带。

7

……艾亚,深渊之神,怀疑的邪念会转瞬即逝。
风在这邪念里衰竭……然而灵魂的烧灼感最为强烈。
一反怀疑的诱惑,灵魂对肉体的敲诈让我们
气喘吁吁。但愿风的翅膀与我们同在!

歌唱大师啊,在灾祸那骄傲的挽畜配种时,为使这支歌声音饱满,
加入这灵魂的全部声音并不为多——
恰似音色大赛上,在青铜碗如颤抖的大唱片之间,
挤得满满当当的爱的大野蜂群。

"诗人,我给你称体重,发现你没有多大重量。
"崇高啊,我赞美你,你一个细胞层也不缺少。
"早上,熄火的锻炉气味使精灵的洞穴充满臭气。
"显而易见的神明抛弃了我们白昼的骨头。而爱

情在我们夜晚的眠床上抽泣。

"恺撒呵,你敏捷的手在窝里只制服了一叶微不足道的翅膀。

"青春啊,请给你头上饰一片更尖的树叶!
"风敲你的门,如营房长官,
"敲你包了铁皮声音响亮的门。
"而你,将死的仁慈,盖住你的脸,用你的袍子
"和我们手上尘世的芳香……"

风在我们沙滩上,在被烧烤的梦的土地上增强吧!
成群结队的人从人的道路上经过,
去人去的地方,去他们的坟墓。而且这是在大海的
高声叙说中,在光辉朝西方移去的尾迹上,在黑纸和黄昏的利剑之间……
于是我说:别把你的床向忧愁开放。诸神在泉源上集合,
在大海高声的叙说中,这仍是奇迹的低语。

当大家在源源不断的河边饮水,人畜混杂在车队的前列,

当大家在露天铁匠铺的炉火里牵住金属在其淫床上的长叫,

我将把我力量的活泼泼的水蛇引向风床,我将像蓄积力量和成长的养鱼塘去频频造访风床。

在风中行走的诸神仍将在我们的通道上制造非同寻常的事故。

诗人仍与我们同在。在西天的会议上,涌起绵延不绝的物的大潮。

新的盛典程序在瞬间的最高峰形成。

而在下面,在西边成熟了产前阴影的纯酵素——凉爽和凉爽的证明,

一个男人在傍晚,在流着黑马鲜血的隆重仪式上听见的这一切……

消失吧!消失吧!活人的话。

二

1

……那下边，腐殖土和树叶的浓香里，是一块块新田畴；

那下边，世上最大的阴影荫蔽下，是一块块新田畴；

那下边，整块树木葱茏的土地，在黑幽幽的葡萄园深处，整个大地宛若一部阴影和凉爽的《圣经》，陈列在世界最佳作品的展示之中。

这是奇迹的开端，值得纪念的人额上的凉爽及其源泉。

这是对旧物的爱好，如同预定的大题目下铺展的原始资料和注疏，

如同梅塞纳①的巨著里重要的卷首页——给君王

---

① 古罗马大臣、诗人、文学艺术的保护人，维吉尔、贺拉斯等人曾受其襄助。

的献辞、前言、作序者的话。

……那上面，是一些新田畴，如同成熟的高大女人浓烈的芳香，

那上面，是一些新田畴，在各种年龄的人的攀登下，歌颂不凡的贵贱通婚。

那上面，整块树木葱茏的土地，在它最美的阴影摇曳中，解开乌黑的发辫，亮出最绚丽的羽饰，宛如世上最俊美的人床上，那已届婚龄的健美胴体的馨香。

这是自由的水和绿荫的凉爽，在为各种年龄人的攀登下，歌颂不凡的贵贱通婚。

这是年幼的土地的清爽，如同永恒之物的馨香，如同永恒之物旁边的馨香。

如同婚前的梦，在那里面男人仍占有一席之地，虽然将进入另一个时代，却仍在更大的识字课本上解读黑叶和沉默的乔木性。

那上面，是整块新土地，在它雷雨的纹章下，戴着金发少女的鸡冠状顶饰和印第安部落酋长的箭羽；

是整块强健的已届婚龄的土地，迈着异乡人的

步子,把它庄严的传说,向另一时代的梦幻和历书开放;

于是大地在它最长的涨滩①上大步奔跑,从一片海到另一片海,跑向远方展示的世界最佳作品,跑向更高级的文字。

*

在那儿,我们面向西方,朝新水的低噪声走去。这仍是人的土地上奇迹的开端。奥杜邦②,你描绘的所有动物还不够,我还必须插进一些灭绝的种类:迁徙的野鸽、北极的杓鹬和体形硕大的奥克③……

在那儿,我们一浪又一浪,走在西方的阶梯上。一出朝向稻草的城市,在露天有斑的女人躯体之间,夜就给大地的黑盐涂上防腐香料。那些女人身材高大,喜欢黑麦、柑橘和照她们躯体模样塑造的小麦。

姑娘们啊,在房间门口,我们在你们散披的头发里窃取了这份仍属于夜晚的冲动——这浓缩和干燥的香味,你们的气息,如同别处的闪光……你们双腿修长,就像梦中,在沙滩夜晚伸长的灯光里,让我们惊

---

① 高潮线与低潮线之间的海岸带。
② 美国博物学家,有著作描述北美的植物和猛兽。
③ 北极的一种海鸟。

讶的那样……在城市的压延车间歌唱的黑夜,没有为式样高雅的铁饰品拉长字母图案。

今夜有谁睡着了?长长的特快列车隆隆驶过,带着够吃五天的冰淇淋,奔向另一时代的墓穴。它们顶风而去,缠着白金属饰带,像日趋衰老的竞技者。而那么多飞机循着它们的吼声进行追击!……

洪水泛滥,江河变宽!往上游去的陡路把我们累得气喘吁吁!……城市在街尾单向牵引它们的载荷。大群稚嫩的姑娘拥入新年,那尼龙织物下面,长着她们性器的新鲜扁桃。

这是所有线路上传播的信息。这是所有波浪上出现的奇迹。正是以与这整个运动相连的同样运动,我的诗仍顶着风,

穿过一个复一个城市,涉过一条又一条江河,奔向更加浩荡的大地之波。它既是别的波涛之妻,又是别的波涛之女……

2

……更远，更高，正是征鞍上的单瘦男子去的地方；更远，更高，那里嘴皮单薄，嘴唇紧闭。

面孔久久地向着西方。在朝西方行进的土地的喧闹之中。在与平潮齐平的土地无尽的汹涌澎湃之中。

在身后那跟踪我们的隐秘眼睛里，再也看不到海的高大屏障像悲剧作家的高大石墙一样耸起。

今年，在你们的号角口，有粗壮畜生那种刺鼻的香味。那些畜生低着头，嗅着大地游荡的预言，听着地下法螺愈来愈大的喧哗。

冬天像该隐①一样头发短而蜷曲。它创造了铁的词语，统治着覆着不朽鳞片的蓝色疆域，

而达到顶点的大地，带着新国的纳贡，在一块又一块空坪，收集它的青铜大板。那上面铭刻着我们的律法。

---

① 《圣经·旧约》里亚当和夏娃的长子。

从那儿经过的，是风！……让它在覆盖着精神粉末的洁净远方漫步吧：

在杜松树烧旺它的黑盐之火的地方，在无能之辈考虑举起新石头的地方！

在铺满长矛和骨梭的场所，在铺满死兽蹄子和翅膀碎屑的场所！

直到那些被枯死枞树蕨藜围护的高高的栎树枫树丛；

直到那结冰的厚重大坝，那里一年过去，可是下一个秋天仍把朗诵训练看得那么重要；

在平地在斜坡在所有那些迎风耸立的危崖峭壁上，风从它们身边经过，像勒马停步的枪骑兵随从，

在土地骑士会全部举起的铁器上，在全部被动员叫唤圣饼的军队里，在那下边刀枪的重要专栏

和严冬那些优秀散文上，它们是披着旧世界羊皮的新世界捕狼队……

替人代笔的重要作品，伟大作品，是在新年的洞穴里艰难地写成的吗？

而披檐下的冬天会给我们打制它恩惠的钥匙？

"……冬天像野牛一样被穿上鼻环，秋天像白弹力纤维一样蜷缩；

"冬天在雄黄矿井里，在装油画颜料和沥青的袋子里；

"冬天在臭鼬皮、步行虫的气味和山核桃木烧起来的烟味里；

"冬天在棱镜和晶体上，在黑钻石的十字光叉上；

"冬天没有酒神杖也没有火把，冬天没有玫瑰也没有泳池；

"冬天啊，冬天！你旧铁的雪松球！你的石果！你的铜虫！

"那么多的缟玛瑙的蛴螬，那么多的利爪，那么多的角鼓，那里面生活着知识的章鱼；

"冬天没有肌肤没有黏膜；对它来说，全部清爽都栖宿在女人的身体里……"

而与女仆有关系的大地，脱得精光赤裸，在冬日的天空整理他女仆的床铺。

夜啊，您可以歌颂粗陶和红木食槽里的新水！

这是为你们印第安婚礼准备的粉红发亮的浆果和花楸果珊瑚，

还有雌松鸡喜爱的红艳艳的漆树果实……

"……冬天像包税人,像雇佣大兵、像受雇于教士的职业老兵一样被禁闭,

"冬天涂着苍老的流云之色,涂着在强者的地上游荡的野兽毛色,

"冬天在我们身上,强健而绚丽!冬天,冬天在斧钺的铮亮和犁铧的黯淡里!

"冬天啊冬天,你在黑暗之年锻炉的火光里!请不要给我们拿出被梦雾笼罩的童年的新鲜馅饼,不要讲那美妙的故事,

"请教给我们铁的词语、知识的沉默,它就像铸工遗忘的铸桶缝里的世纪之盐……"

在一个既无名称又无铭言的崭新大国门口,在一个既无献词又无缔造年份的青铜大国门口,

威力啊!迎着扑来的风举起一根指头,我发问。你当心吧我的询问可不是老生常谈。

因为我们身上的需求巨大,而任何习惯却已废除——恰如某种古代的诗韵,阿尔喀体或跛脚体,在诗人门口恳求。

我的脸仍在风中。连同它火焰的渴望,它葡萄酒的红光!……让人们与我们一同在风的暖房起床!活

人们呐,人家该欠我们的,让人家全部付与……

全部啊,我向你发问!——可这是一种如此的沉默……

3

……风中一些磐石仍将占据我的沉默——鸟群迁徙,从世纪近旁飞过,把它们支离破碎的大三角形,牵向另外的阶段。这是它们偏离如浮冰消融一般逝去的天空,随心所欲飞行的几千俄里。

飞吧!飞往所有被解放的畜生忍着翅翼和头角的剧痛奔向的地方……飞吧!飞往天鹅去的地方,虽然在妇人和海鳝眼里,天鹅性情暴烈……

低一点,再低一点,那里,暖风拖着长长的饰带,顺着云絮各奔东西……满世界寻猎的翅膀拍打着一座流动的被扣在更大更松网眼里的沙洲……

我认识你,与自负的河床一般无二的南方啊,还有你在患骨疡处女肋部的葡萄园的焦躁。常在神床睡觉的人无不染上神性;而你的天空与诗的愤怒一样,存在于创造的愉快和垃圾之中。

我知道在饱食的海湾底下,一如在帝国末日,雄

性的情欲冲动使自由的水面动荡不宁,

于是我把快乐的脸埋入这些波峰浪谷。黛绿的湍流没有这样澎湃——它只是泻入深渊及其七扭八拐的芦荟丛的一抹青灰……

大海在受水母攻击的荒凉市场上豢养它的怪物。有人在烛火下拍卖①不可分割的共同财产!全部龙涎香如同一部教理大全!

正是哥伦布海被公开拍卖。为了古董商,古老的护胸甲和彩绘大玻璃窗——好一片驱魔咒的喧嚣!——天主教的大玫瑰一扫稳重之态。

啊!明朝,让新的黎明在更加青翠的芽孢中喷喷惊叹吧,我将不会在逝去岁月心中重新勾起烦恼。

从大海那边姗姗来迟的人听到点名,站起身来,猎猎旌旗拂打他们的面孔。那些活性的烂泥、那些令重新开始的极端磨损渐趋于无的细腻河泥在创新者的踩踏下变得又软又滑。

河水从伐木者之乡奔腾而下,河面浮着气泡,河嘴里塞满锉屑和野蓼。

---

① 拍卖行燃点蜡烛以限制拍卖时间。

在远古洪水的巨著上漂流的气泡,其美丽逃不过河边居民的眼睛。不过朝大海奔泻的更高洪峰,伴随本世纪过时作品大撤退的声音,一级一级冲下我歌的台阶……

4

……机运啊,把冲积的大岛拖出它们的烂泥,引向碧水!它们由牧草和面筋结构而成;由响尾蛇般的藤和开花的爬行动物编织而成。它们给粘鸟板涂抹一种特殊方言的树脂。

让它们顶着预兆的猫头鹰,被蛇的黑眼磁化,在这个世界万物的运动中,走向棕榈树的移植,走向红树果实、花瓶和自由水中的喇叭形河口;

让它们,神圣的沙丘,与浮着气泡的江河一起,下到与血脓和痈疮一般颜色的低空。江河牵引着它们载负的支流,牵引着一系列羊膜、小湾和大胎盘袋——它们源流的整根葡萄藤,它们枝干交错的毛细管大树,直至大小静脉的延长部分……

分窝的蜜蜂离开蜂巢,呼啸着飞过——如角一般坚硬的昆虫之弹!……鳗鱼在陡岸上开辟它们螺旋菌的道路……

那安宁嘎鸟,传说之水的雌火鸡,它的生活却并非传说,它的存在是我生活的欣喜与快乐——可我对它活着已感厌倦——

今晚,在大蜥蜴金碧辉煌的卧室,它将把领上的荒唐花缀,夹在哪桩奇迹的篇页,放在那片橙黄和淡红的水面?

*

预兆在移动。南风。对陆地数字的鄙视!"一阵南风就要刮起……"女清教徒们啊,这已说得足够明白,但愿人们理解我的意思:女人的全部乳汁仍会误入情欲的藤丛?

地上最美的树木把叶子送给风,不合时令地把一身脱得精光。生命在其菌托断口嘲笑林中动物的流产。而人们曾见,而人们曾见——并不是人们对此担心——

那一群群昆虫的飞行。它们像一篇篇神圣的作品,像飘飞的预言碎片,像家系学家和圣诗作者背诵的课文……人们告诉它们,人们告诉它们——唉!有什么话不能告诉它们?——它们会在海上吃亏,必须掉头;人们朝它们喊,人们朝它们——唉!有什么不能朝它们喊!——回来吧,回到我们中间……可是枉然!它们反而更起劲地往前飞,结果与风一起消失!!(对此我们又有什么办法?)

螃蟹在地上爬行,口吐泡沫,蟹钳高举,从侧面向岸边的衰老植物进行攻击。那些植物冬天被封住,恰如同盟国的炮台。褐色的蟑螂生活在音乐室和谷仓!乌蛇生活在亚麻田的阴凉处,和樟脑与柏树的洗濯间。

谁也不曾见到美女们从支着廊柱的高屋华厦溜走,也不曾见到她们在玩泡沫和链索游戏的栗色姐妹。不过在金色和红色的创造土地上,啊!在玫红葡萄酒的土地上,在和粉红芒果树嫩芽一般颜色的土地上,难道我不曾看见

在新芽老叶交错的树丛中,语言的人被乙基和树脂熏醉——一如在他话语的蜂场,与词句的民众一起,和他的神祇设下的埋伏搏斗?——难道我不曾看见,昔日的旅行者在翠绿粉红的——或赭黄有黑斑的——芒果道上,在百万枚皮质的、火绒的果子,奇形怪状的巴旦杏,和当作小吉祥物剥走的扁蚕豆圆滨豆的硬荚中间跟跟跄跄,蹒跚而行?……

*

哦,既然你将复返,在雷雨最后的轰鸣上,在被

玫瑰羞辱的记忆里,在所有弃物的温馨中,那你在那里,在乌木和贝壳的大床,在所有人体当中仍光彩照人但终将消逝的肉体之床上,又碾压过什么?

或许,风,和我们一夜的美女们一起,将搬走白色镂空花边配着银饰的凉爽住所,以及它所有带玻璃罩的分枝吊灯,所有家用行李箱,壁橱里的晚礼服,异乡人的证件……

那时我们上鞍的牲口,听见粉红窑砖砌筑的古老露台上骨头和鳞甲的声响,爪子和蹄子也会发怒。这可是真话。我证实这一点不假。黑色的溃疡在花园深处扩大。那里是美人们夏天的寝床……在雨云密布的低空,仍闪出几道刀光剑影,以黄金的代价照亮西方放床的凹室最后的颤动……而捕鱼的鹰,在这翻天覆地的不安之中,竟在你们女儿的洗礼池上松开了它的猎物。这仍算过分行为,在诗人的编年史上,记下来没有意思。——消失吧!消失吧!浪子的话。

5

　　在神的丰足里，人本身也丰足……同样，在神的堕落里，人本身也堕落……人与畜生为伍。人罩上了螺壳。人点起了冥灯。

　　可是，这里仍有可以置疑的问题……因为某人是在沙滩上野鸟翅翼的拍打中诞生的，他就得永远庆祝新的助产？

　　在任何肉体都要屈服的泥沼地区，女人屈服于息肉，土地屈服于纤维瘤。这是用马车运输的一摊摊淤泥，活像非法堕胎女人的零星布头。

　　清晨，在烧酒和鸦片的橙黄色里，女歌手们的黑玫瑰顺着被黎明浸染的江河流下。而寡妇们的铁器店，不顾白日来临，朝荒寂无人的内院，徒劳地架起它们白珊瑚的三角大烛台。"对一切我深感厌倦……"我们熟悉赞美歌里的叠句。它源于南方……

啊！让人给我闭绝，那从百叶窗透进来的苦难中的幸福；啊！让人给我熄灭，那朝院子朝花园射来的别处的光明。院子里花园里每株迎光的棕榈树已是一片浓荫。

（可是密使在传达启示的时刻背叛了我们。而那儿，在开花的樟树——听凭每道轻风揉搓的内衣——突然倒伏上，有什么事让我心醉神迷？……可是在冷清的客厅，那窗纱的洞眼里，终究没有吹进信风……）

黑色晚香玉和炽热炉拱的气味使畜生直立在节庆的过道。阴影在晶莹洁白的卧房往上移动它的面具和令人生畏的蕨草。

而在露台上女人的美貌里冥想的死神，今晚将以独特的光辉使异乡女人额上的星星更加灿烂。子夜过后，那星星独自步下地下室的壮美黑夜，走向被蓝天照亮的碧波荡漾的泳池。

啊！让别的柠檬皮在我们的青柠檬饮料里，让别的浓汁在机场的候机廊，在我们的梦幻中背叛我们吧！风啊！你们将使醒悟的红火炬更猛地燃烧！

神的警告！神的厌恶！……栖在睡眠者头上的鹰。我们所有菜肴里的污染……我将发觉。——脸仍朝向西方！迎着翅膀的拍击和金属的呼啸！带着唇上这香精的滋味……带着舌上灵魂多孔的，如同黏土的皮阿斯特①的味道……

今日的问题在于石头，在于填平两海之间的石头空间，和填平两世纪之间的石头时间。——让沉浊的江河在布景深处，在蒙蒙细雨下过磅。

它在江心挤出江滨地区的全部融流，如在最近的太阴月，在怀孕天空的重压下，把整个女性的腑脏挤出其喇叭、猎号和螺号②……

我们的坚实的道路在西方。那里石头奔走集合。枯瘦、枯瘦得只见骨头！在翼展和利刃末端，在触角和飞羽尾部，奔向那石块与骨头之乡。在那里我拥有封号和债权。

万物奔向那儿，在移植的仙人掌、芦荟和众多胚芽植物中自我淘汰；在磁暴中用三色硫磺描绘惊呆的世界突然吐出的气息。

仍会有一个民族在红铜的果园奋起反抗吗？死寂

---

① 埃及、黎巴嫩等国的辅币名。
② 河流入海口都是喇叭形的。

的山谷听到大声叫唤,在凹槽里醒来,在它们萨满的床上醒来,又腾起袅袅云烟!

风在看不见的门口嗅到火的气味。黏土门廊没装门板。瓦罐吊在夜晚猛兽栖宿的地方……晒得黧黑,饱受干旱之苦的姑娘腹上的黏土少了许多细孔。

必须在那上面寻找最后的苦行机会。我们面部松弛到骨头,嘴里灌满猛烈的风,额头顶着狂风的颏悬皮带,好像拉着纤绳,

溯上崎岖的石流,踏碎鞘翅和珊瑚。我们从中寻找我们的断层和裂缝。那里既然缺少凹槽,就让尖角上的平衡来使我们开心!

今晚,我们将让我们高贵的梦幻睡在贱民的乱石棱角……睡在淡紫色的淤泥浅滩,泥中杂夹着团团硬块,那是强风刮来的鱼网、牛头和畜角。

方山① 上的骑士们在死者的陶器② 和粉红的雌羊骨架上行走,把露天一个由尘土与碎骨构成的胜地践踏得稀烂……一只纹章图案里的鹰迎风飞起。

---

① 地质学术语,指由火山熔岩组成,被河流侵蚀的高地。
② 可能指死人的头骨。

6

……整个地区染上了热病,不等天黑就动身去迎接变红的月亮。年岁从高高的树梢经过……啊!但愿有人告诉我它的动力!我听见大地新世纪的骨骼正在生长。

记忆啊,记忆!但愿你们变成冥想者钻出夜水的梦。但愿度过的时日变成我们无名的面孔。人在夏季转场放牧的山坡上牧放他的影子!……

疾风劲吹!肉体转瞬即逝!……在经受晚夕的阵阵刺痛、镶着金黄与火红花边的山脊上,在生着光线的纤毛,处于奇怪的放射虫类之中的山脊上,

难道不是你本人,与那向我们敞开其机运的巨大而天真的种类一起,在那最纯粹的物种中颤栗?……我在夜里值守。我将察觉。那里仍有可疑之处……但愿有人教我一种新变化的色调!

你们可能问我：您是从哪儿获知这些的？——从收到的语言浅显的作品！在两面山坡上发表的版本！……你石柱的角石本身！……诗人啊，因为新的迷途，我要传唤你争讼，在你两面有角的椅上，

在所有两面锋利的事物中；使用两种语言的人啊，在所有可引起争端的事物里，你本身就是争端——被神困扰的人！说话模棱两可的人！啊！恰如迷失在翅翼与荆棘混杂，迷失在猛禽的狂飞乱舞中的人！

而你，低落的太阳，无眼皮生物的残酷，把你美洲狮的眼睛留在这整块宝石的面包里！……要冒风险的事业，在这里面，我已引入这支歌的运行……然而这仍有可疑之处。不过风，啊，风，它的力量别无他图。它只迷恋于自身。

我们经过，连同我们的影子……一些伟大作品，一页接一页，默默地构作于未来的地层，构作于不透光的孵化期的洁白之中。在那里我们从巨大页岩层叠的书页之中采用新的文字……

过了那儿就是浅海区裸露的白垩，高高的截面发出憎恶黑夜的呐喊；哑角们在崖顶上行走，周围是昏

暗不明的物体；白色的岩石凝然不动，冷对着燃烧的斧头。

红色的泥土在穷人的刀剪工场预卜未来。作品发表在盖章的土地上。这可是实实在在的事，我证明它的真实。你们可能问我：您是在哪儿见到这事的？……在被存在光耀得五彩缤纷的石灰岩高岸上，不止一副面具在扩大。

三

1

昔日一些人曾用这种方式抵挡风：

寻找道路和自由之水的人，在西方的峡谷、山隘和载负着岁月的山坡追逐猎迹的人——解释宪章和教皇谕旨的人，杂役团长和探险队长，他们以铁的代价谈判桀骜不驯的航道，和新海远远的航向角的使用。那些海蓄在露天它们苍白的石臼里，宛如大戟在梦中被石磨榨出的乳汁……

在大地鞘翅的嗡嗡声里，经过下界梦幻或实在之境的大旅游家：渴望去远方的对话者，轰隆作响的深渊的揭秘人，山顶流亡的大呼唤者，边境上争论机运的人，他们把久而久之被眼镜框罩得起皱的一只眼睛扫过正在变蓝的平原。

陆地在大海高高的水面，如在隐形天平的铜盘上晃荡。

在大地鲜花盛开的时节，从四面八方飘来洪水退后大印度那新鲜的清凉气息，宛如一缕希望之风吹向巨额遗赠的门洞——放弃本金的捐赠，清闲的基金会，为正在变老的大诗人们的高贵女儿设立的长子继承财产制度……

头戴高顶盔的骑士，骑着牲口，在另一种属的荆棘丛中攀登行，把皮制品擦得吱嘎直响……他们颊髯垂肩，挎着武器，不时地驻足，在石阶上测量高高的土丘。在他们身后，广阔的天空下，陆地与海潮相连。或者，他们停在冰碛之中，仰着头，以眼睛和声音感受这冰斗底下静寂的绝境，如同睡者在深渊底下所见的万丈石壁，壁上封印着一张惊愕的脸和一个黑色的青铜环。

海是阔大无边的，在它们梦的台阶上。虽然有一日它们在最高阶级上失去了梦的记忆。

因为在低矮的岸上，在小港湾里，海在雨下太久地倾听烦恼在淤泥里打洞，太久地在暧昧不清的河床，把它们为海藻所缠裹的船体，和被蚂蟥叮附的牲口像亵渎神明的话语一样驱赶，它们便在被酒精和劲风鞭策的蓝天热情的云缝里出现，嘴唇高挂在欢笑的钩子上。

因为雨点轻轻地洒落在这些斜坡上，提供给大地幽灵的武器便也不急于在这里接受风吹日晒：一大家子纯洁的长矛和贞洁的利剑瞒着主人，在这里看护灵魂……可是，外来的肉体把一种红鹅膏和鹅膏菌的味道附着在基督教国家那些出生于金黄肉体多于粘核白桃或粘核蜜桃肉体的人身上……各种肉体的女人之子！啊，一代一代在大地所有薄荷上行走的男人脚步！……在这些人在铁剑下生活的地方，在这些人与大地幽灵一起，迈着畜生的步子临风攀登的地方，

宽广的路途仍在灵魂背面闪耀，如同指甲在银盘上深深划出的痕迹。

2

……还有一些人曾以这种方式在风中生活和攀登。

一些发迹的人把他们如江河一样多产的眼光引向新的国度。

可是他们调查的只是财富和爵位……鸢栖息在山口——它们飞行曲线上的攀着点,扩大了人类财产的范围与价值。还有富于阴影的闲暇,把它引发的兴趣扩展到营房边缘。泉水之夜留宿总督们的银器……

接着来的是搞交易做买卖的人。戴着水牛皮手套四处奔走惩恶扬善的人。所有的司法人员、警察的召集者和民兵的招募人。穿着深紫红官服的省长及他们肤色橙红散发白鼬气味的女儿。

接下来是教廷的人,他们寻求大堂区的副本堂神甫职位;骑着马来的小教堂神甫,他们每逢夜晚来临,便梦想那壮美的草黄色主教管区,配着粉红的石砌半圆形楼阁：

"这个呀，我们梦想过，谁叫我们待在这些塌鼻子神祇中间呢！但愿教会来一封敕书，给我们平整这乱七八糟如同大管风琴拆修场的巉岩峭壁！可是山风从洞穴口获得的令人不安的天书，只会是那一群群蝙蝠，入夜前像炼金术士的账单一样飘飞的东西……"

大改革家也来了——穿着方头浅跟鞋，帽上没有带扣，亦无缎面，披风的褶皱笔直，如港口的扶梯：

"但愿有人在两个海上面替我们作出安排。给我们儿子的，是新的港湾；给我们额头平展结着辫子以抵御灾病的女儿的，是光明的城市，条条笔直的街道向正人君子的脚步开放的城市……"

继他们之后来了大抗议者——各党各派的反对者，联盟成员，异端分子和叛乱分子；先驱，过激主义者，审查官——危险人物和流亡分子。他们都被人的梦幻放逐到通往最宽阔海洋的道路上：这些逃避大地震的人，幸免于大海难的人，背叛幸福的人，把他们的财产法像一捆旧衣，留在法学家门口，并用他们借来的名字，在"缺席"的大题目里不慌不忙地漫步……

和他们一道来的也有念头怪异的人——宗派信徒，亚当主义信徒，麦斯麦①信徒，通灵论者，崇拜蛇的人和卜测地下水源的术士……还有一些并无想法念头的人——那些和灰松鼠、树蛙、没套宠头的畜生、没有用场的树木交谈的家伙：

"啊！既然我们无足轻重，那就让我们吃自己这份小烤肉吧。让别的仆役去摇铁荚里的未来吧……"

最后来的是科学家——物理学家、岩类学家和化学家：探测煤炭和石油的人，仔细观察大地褶皱的人，辨读早期符号的人，研究石鼓的抽象边饰的人。他们像在法老低矮的寝宫里打劫的强盗，不在闪着一鳞半爪美梦的掏空的砂金矿里，而在石墨和二氧化铀里寻找摇晃着海盗火把的金色子夜。

……地上听忏悔的神甫啊，现在属于另一个时代——这是一个奇怪的混乱时期，因为精神上的大冒险家徒然鼓励脚步践踏物质的权势。异端分子啊，这实在是属于另一种分裂教会的行为！……

"因为我们寻求的不再是铜、纯金，也不再是煤

---

① 18世纪德国医生，提出动物磁气说，以解释他施行的一种类似于催眠术的医疗方法。

炭和石油，而是如在生命的所在寻找芽头下的胚原基本身，而是如在信号灯碗里寻找闪光下的印记，我们在果仁、胚珠和新品种的核里，在力量的源泉里寻找其呐喊的闪光本身！……"

给君王听诊的医生听觉失灵——一如幻觉者在他幻觉的门口，一如猎人在巨兽的地洞，一如东方学者面对他那黑漆的书页，面对那版本记录不可思议的秘诀。

太阳要诞生了！国王的呼喊！……住在边境省份府邸的统帅和摄政者！

牵牢你战战兢兢的畜生，顶住蛮族的第一次拥入……我将属于那第一批欢迎新神闯入的人……

在傍晚的猪圈将举起一种独特命运的火把！

3

已经有别的力量在我们脚下,对纯粹的石头二至点发怒:在金属,在新近命名的盐,在令人惊叹的物质里。引来热情的流言蜚语的数字加入了这种物质。

"物质,我要辱骂你,你这靠野驴和处女装点的家伙:在所有富丽堂皇的墓穴,在所有盛放遗骸的棺盒——寂静在那里面布下罗网。

"这是在思想之剑辉映下,平底多琢面的大黑钻石辉映下举行的冬季婚礼,如同透镜焦点照着的冰棱,如同玻璃断口释放的新黎明:

"在光线交相辉映中噼啪作响,在未来的香精难以描述的淡紫蓝色中焚烧所有掺杂的成分!"

云游四方在我们的石头疆界漫步的骑士,戴着柱形尖顶头盔和铁面罩行路的诸神,你们在什么竞技场保持你们的殊勋?

乡下人啊,在玄武岩的巨大卷册里,在黑色之年的敕令里，你们寻找制定规则的人！我们从中找到了我们为新的迷途准备的图表和盘算。中午已经处在科学的棋盘上，陷在像圣殿一样照得通明透亮的错误的迷宫。

（在彼岸，那样遥远，在你们的战争故事里，也已经那样遥远，那大片大片力量的矮树林哟，我们梦幻的星辰曾从那里升起……）

巨兽在其光荣的畜栏游荡，磁性的眼睛在无法预见的角落之间寻猎，把无声的雷电引入石英破碎的记忆。

它以悲剧的急促步伐，把人的脚步拖到更远的地方。人被自己抛出的套索套住：会造灯泡的人，会制天线的人，掌握各科系统知识的人——在闪电的快乐里顶着闪形标志和羽毛饰，而且，在他的闪光之中，他本身亦成为闪电。

让他的脸蒙上最臭的历史丑剧的羞辱！……未来的节日啊，这是另一种流放，在大众逾越节的放宽和政教分离大主题的忧郁里。

……喜气洋洋的人啊，侧耳向着独一无二的生命之源，向着独一无二的时代的拍琴[1]，倾听那奇迹的裂

---

[1] 古埃及一种形状像球拍的打击乐器。

石的长夜。侮辱和威胁用各种语言回答我们……

"新的数字,你将显露:在石头的图表和原子的指数里;在禁用的大图表上,那里记上了更为短暂的符号;在远方的镜子里,那里伸进了流浪汉的面庞——眼睛眨也不眨的向日葵的面庞;

"一头头套车的牲口,在和煦的阵风下,满怀着长喘一口气的指望,朝疯狂的长坡奔驰……"

*

——毁灭者在他值夜的住所,在梦和石的苦行中,谨小慎微的生命在新生力量的交点上,在他的石灰岩高原,使一个非凡的暴力精灵成熟。

他面对面地凝视他威力的标志,那好似祭司手中大金盏花的印玺。

4

……可是问题正在于人！什么时候人本身成了问题？——世上有谁将大声疾呼？

因为在人的存在里，问题正在于人；需要放开眼光观察更加高涨的内心海洋。

快！快！为人作证！

*

……而诗人自己走出他的千年卧房：
连同穴居的胡蜂，连同他黑夜的隐秘宾客，
连同他的大群仆人，连同他的大群随从——
掘井工和星相家，伐木人和制盐人，
补鞋匠、金融家、患瘟疫的畜生，
云雀及其幼仔，田主，多情的狮子和耍幻灯的猴子。

……连同所有有耐心的人，连同所有微笑的人，

深谷饲养牲畜的人，地下水面上的领航人，

洞穴里收集图画的人，地下小教堂深处雕刻外阴的人，

对盐和煤生出幻象，在矿洞里为期望和黎明所陶醉的人；在锅炉舱和贮藏舱拉手风琴的人；

先知的陋室的巫师，未来群众的秘密带领人，居家的革命宪章签名人，

青春活力不受怀疑的鼓动家，新创作的倡导人，远处提供让人振奋的景象的人。

……连同所有温和的人，连同所有在伤心路上微笑的人，

给流亡的王后们文身的人，在大饭店底层抚慰垂死的猴子的人，

订婚床边头戴铅盔的放射科医生，

在碧水中捕捞海绵的人，喜欢触摸大理石少女和拉丁青铜艺术品的人，

在森林里鸡油菌、牛肝菌丛中讲历史的人，在战争的秘密工厂和实验室用口哨轻轻吹出"布鲁斯"舞曲的人，

穿着海狸皮便鞋的极地简易仓库的保管员，过冬

的灯盏看管人，午夜太阳下的读报人。

……连同所有温和的人，连同所有在错误的工地也能忍耐的人，

弹道工程师，长方形穹顶大教堂岩石下面的魔术师，

别致的白色大理石台面上操作手柄和扦子的人，检验火药与焰火的人，校阅飞行证书的人，

在他的玻璃长廊尽头寻找出口的数学家，在铁蒺藜纽结前的代数学家，纠正老天过错的人，地下室的光学家，沉着冷静的玻璃抛光工，

所有深渊的和远海的人，看不见大管风琴的人，疾走的领航员，在光亮的外壳里

易怒的大苦行者，以及宛如蛛丝尽头的彩条圆网蛛的夜间冥想者。

……连同他的大群仆佣，连同他的大群随从，和他迎风飞翔的全部猛禽。哦，微笑，哦，温柔，

诗人本身处在世纪的舷门！

——在人的街道上进行接待。于是风在千里之外吹伏了新草。

*

因为问题正在于人,是人的重新建立。
世上有谁不会大声疾呼?为人作证……
让人们听到诗人说话!让诗人领导仲裁!

5

"争讼,我不熟悉你。我的意见是,人们要生存!

"举起当风燃烧的火炬,举起迎风腾起的火焰,

"让我们中的每个人全力投入,全力燃烧,

"使这愈烧愈旺的火炬,在我们中点亮更多的光明……

"肉体是容易生气的,那里面灵魂的瘙痒仍把我们当作反叛者!

"这是好运当头的时代,当精神的大冒险家在人的大道上驱动步伐时,

"他们询问整个大地的面积,以了解这杂乱无章的道理——询问

"床铺、雨水和地上阴暗的河流护坡——他们或许生气,因为得不到回答……

"也因为要处理在你——公正的河岸之外完成的

事情,

"但愿他们不会一边说:忧愁啊……一边却喜欢上它,——不会一边说:忧愁啊……一边却沉湎其中,像深入爱情的小巷。

"禁止以忧愁为生!给诗人的禁令,给记忆的纺纱女工的禁令。或者不如用金针扎破视网膜!

"你模糊吧,幻象,理智的人执意要看清你的模样……山上的猎人用野刺缝合媒鸟的眼皮。我们的童贞女将在诡辩家的门口嘶叫。

"像旅途中遭了雷雨,患了失语症,被雷霆本身引上真实的梦幻之路的男人,

"我将寻找你,微笑。在五月的一天晚上,你将比无可辩驳的童年更好地引导我们。

"或者像内行的人,在子夜关闭的节庆活动中,突然想把雪松大门出让给劲风的冲击——所有的火把都被打翻,他的脚步在七零八散的仪式台中冒险,而下界神的大网朝他罩下,谬误的多重翅膀像泥蜂狂飞乱舞,处处给他指明道路——

"逻辑啊,我将解雇你,因为在你这里,我们被拴住的牲口变成了残废。

"在我们举着淡红的火炬的门廊,在如同妇人裸臂、被我们的视线侵入,一直侵到腋窝的洞穴,在盛放祭献谷物的瓦缸里,在双耳瓮神圣的清凉之中,

"这是由眼睛播下的,好像从不曾应许过人的希望,

"这是另一个世界在我们夜的正午的突然成熟……

"在国家食品库,拿出你们银行的所有金蚕豆①,也休想买到这样一种地产的使用权。

"在我们值夜的回力墙②,有二十幅摆脱无聊的新雕像,如陷入悬崖绝境的童贞女!

"也是彼岸的贡献!对下界黑太阳的崇敬!

"对出身贫寒的星宿与怪物,对头戴双冠③、把他们无可非议的农牧神与我们非基督徒的回历纪元混为一谈的国王和君主这种亮相的信任……

"而你,担负起这段路程的指挥,眼睛因我们的值夜而分外秀美!瞳孔朝深渊洞开,——恰似金钵里的火红花朵向俯身于罗经柜的夜航人开放。而在灯泡似的漂流的水泡下面,黑色的西番莲交叉地贴盖着罗盘方位标。"

---

① 指铸成蚕豆大小的金块。
② 用于打回力球的墙体。
③ 古埃及国王头戴双冠,象征对上下埃及的统治。

6

这场诉讼是最后的诉讼。诗人在其中作了见证。

而在这等候判决的最后时刻,没有人想到返回房间。

"白昼刚临就施展魔法……新葡萄酒不再是真货,新亚麻布不再凉爽……

"在我异乡人的唇上,是什么东西带有这股越橘滋味?它对我是新鲜又陌生的事物……

"如果我的诗不加快步子,它就会失去痕迹……而你们时间是如此短少,来不及在此刻降生……"

(这样,当主祭步步受着引导,并得到各方援助以抵挡疑惑,前去主持黎明的仪式时,——光头裸手,直到指甲,毫无缺陷——这是他生命的芳叶在第一缕晨曦中传播的转瞬即逝的信息。)

而诗人也和我们一起,在同代人的街道上。

我们的时光照常流逝，这股强风照常劲吹。

他在我们中间的事情：把启示解释清楚。而他得到的回答，则是通过心的灵感。

不是编写的文字，而是事物本身。取自他的身体，取自他的一切。

保存的不是复制品，而是原本。而诗人的写作依照的是笔录。

（难道我不曾说过：写作也将演变？——谈话的场所：这世界的所有沙滩。）

"你将显露，失去的数字！……但愿太久的等待不会刺激

"我们的听觉习惯！没有杂质会玷污视觉的门槛！……"

而诗人仍和我们在一起，置身于同时代的人群，带着他的痛苦……

一如在受烙刑者的床上睡觉的人，他沾上了伤痕血迹，

一如在打翻的用于浇祭的液体上行走的人，他受到酒水的玷污。

被梦幻骚扰的人，被神的臭味污染的人，

并非如黑海沿岸的斯基泰人，属于在大麻的烟雾

中或某些茄科植物——如颠茄或天仙子——的毒性中寻找醉意之辈，

亦不属于吸食亚马逊河人所食的奥洛基①的圆籽、贫民的藤本植物——卡挍木②，它使事物的反面突然出现——或皮露植物的人，

而是注意保持清醒，珍惜自己的权力，并使他视觉的正午在风中保持清晰的人：

"叫喊！神的尖锐叫喊！但愿它在人群中，而不是在卧房里把我们抓住，

"并通过繁衍的人群在我们身上得到反响直到感觉的极限……

"粉刷在墙上的黎明，寻觅其果实的黏膜，并不能使我们摆脱这样一种驱邪咒语！"

而诗人仍在我们之中……这一时辰或许是最后的时辰，这一分钟或许是最后一分钟，还有这一瞬间！……而我们时间是如此短少，来不及在此刻降生！

"……而在这等候判决的最后时刻，希望本身变

---

① 奥洛基（ologhi），可能为可提炼麻醉品的植物，下文中的皮露（pi-lu）亦然。
② 卡挍木（Yaghé），产于哥伦比亚的植物，可制麻醉剂。

成了呼吸。

"你们最好保持呼吸……眼睛明亮的人难道不会遇到机运？耳朵灵敏的人难道得不到回音……"

诗人仍在我们之中……这个时辰或许是最后的时辰……这一分钟或许是最后一分钟！还有这一瞬间！

"——叫喊！神对我们发出的尖锐叫喊！"……

四

1

……这是昨日。风沉默了。——难道它只有一点人情味?

"如果你的诗不加快步伐,它就会失去痕迹……"哦,边界。哦,沉默!神的厌恶!

而我们活人嘴里含的仍是死亡的雷管。

如果生活就是这样,但愿人们不说它的坏话!(最妙的办法!……)可是风啊,你不要去拆散你的联盟。

否则,这就像瞬时沙海的回流!……白日的癫狂突然铺盖道路的清白,并在这样一段时间内朝我们的脚步涌来,

死亡的无限夸张像一株黄色的参天大树耸立在我们面前。

如果生活就是这样,但愿人们占有它!啊!但愿

人们把它,运动,推向极限,用风中唯一的同一次奔走,用它行程上唯一的同一个波浪!

……有些人说必须欢笑——莫非你们对此持有异议?或者必须假装——使他们受挫?

另一些人虚假地泡在女人的肉体上,一如印第安人紧贴在树皮舟上,为的是朝着童年,溯上哗哗直响的江河直达它的女儿支流。

今晚,在给马扎肚带的短暂时刻,我们只需用额头抵住马鞍:就像山口上,大路旁,长着泉水石鼻的那个人——直到那尖细如白玫瑰刺的下弦月,他都会找到马刺的记号。

但什么?它只有一点人情味,再无别的?可这鞍具的气味本身,可每天夜里,在睡梦中,

骑士的手在它脸上抹的栗色粉剂,难道不能唤醒我们内心别的梦幻,

而不是你们,我们的温柔旅伴,体味浸透我们呢马裤的女骑手的褐色画像?

有一晚在欢跳的火舌烤烫的毛皮上,我们娶了你们纯洁的成员,

而森林里的风成了我们的丰收角①，不过我们的思想把它们的激情留在干燥的海岸，

于是，妇人们啊，你们对我们拒绝接受的儿子歌颂起你们女人的伟大……

爱啊，你反对我们神话的怪物可曾有道理？

旅人的夜晚将总是充满斑尾林鸽的抱怨。

在你们温柔的亲密话语之间，远离一切事物，静听朝某条赞比西河流去的巨川那永不停歇的轰响，可总是枉然！……

一些高大姑娘被许给我们。她们作为人妻的怀里放出了比我们的逃避更多的水蛇。

你们曾在这里，啊，我们夜晚无言的芳香。在不知羞耻的头发下释放出热烈感情的贞洁女郎，你们现在何方？

哪天晚上，你们会在这些书页的拐角，在最后泼下的雷雨上，听见我们说话。生着白尾海雕那种眼睛的忠贞女人啊，你们将知道，有一晚，

我们会和你们一起重新走上人的大道。

---

① 旧时法国农民以装满花果的羊角来象征丰收。

2

人仍在人的街道上投下他的影子。

而人烟在屋顶上飘摇。人们在大道上移动。

而人的季节在我们唇上,如一个新题目……

如果生活就是这样,如果生活就是这样,那我们就必须在更低处寻找新面孔?

就必须去载负着碧蓝的天空,如同驮着一背石英的山脉涌去的地方?

就必须去架起一具有骨有鳞迈着人步却无人脸的躯体的长长脊梁顺着背弓奔去的地方?

*

……我想起一个石头的场所——这世界上极高的陆台,在那里风拉着它铁翼的犁铧。一坪尖角朝天的砾石,如同一层侧立的牡蛎:在风的磨锉下这砾石坪就成了这地方的铁齿刷(一些畜生具有这种粗如石珊瑚的舌头,驯兽者梦想这种东西)。

我想起充满恐怖毫无意义的无名山地。不收租金。亦无费税。风在那里撤销了它的特权。土地在那里出让它的长子身份,换取一份牧人的稀粥——在迟钝女人(她们散发出雌羊的怪味)的万有引力之下,土地变得更加庄严……山因男人女人的散步而增光添彩。它的崇拜者向它呈献喇嘛的胎儿。用含脂的植物给它作烟熏消毒,使劲给它扔去割喉宰杀的牲畜的下水。为治疗皮肤病而提取的粪便。

我想起石头高地。傍晚,那里用白土粉砌的猪圈,在雷雨之前熠熠闪光,宛如圣城周围的房舍。深夜之前很久,在那些阔大盐田里,旁边筑有母猪窠棚的沼泽将被照亮。为旅人提供的小客栈,充满枯杷[①]的烟雾……

——你将去那儿寻找什么?

……一种黑色——不,一种紫色的玉米文化:用粉红色火烈鸟的蛋作祭品,羊角里盛的燕麦汤;装古柯的大袋里提取的智慧。

一种羊毛和羊毛粗脂的文化;用野生动物脂肪做

---

① 某些热带树种的油脂,可以用来制漆。

的祭品；浸透灯油的羊绒灯芯；过节用石脑油洗去油污，用尿液泡软硬发的女人。

一种石头和陨石的文化：用黄铁矿和燧石做的祭品；粗陶的研钵和磨盘；砾石堆上的洞眼，如装点牧人壮阔夜空的星云团上的洞穴……

——你将在那里确认什么？

……我熟悉你们，在静默中作的回答，和绘在日用陶瓷花纸上的答案。石头、羊毛和谷物的盛大节日，将把人们在采石场截面所见的致密与缄默集合在一起：共同生活的大家族的紧密聚合——怀孕的牲畜、砂岩、男人，比粗砂岩磨石更笨重更粗大的女人——和公开组合中最终加入的泥土……

——你将在那里封闭什么？

*

……再远点！再远点！在绿色皱纹绸的山坡上，再下些，再下些，面对西方！在这土壤的倾泻中，

经过一叠又一叠大瀑布，经过一个又一个平台——朝另一些斜坡，更慈悲的斜坡，朝另一些河岸，慈善的河岸奔去……

直到那另一个虚无缥缈的大家伙，直到西方那高

高的苍白大家伙,

那里有一个伟大名字的优雅——太平海……啊,巴尔博亚①海!……从来不必说出其名的海。

(努涅斯·德·巴尔博亚②,在这方面诱惑总是强烈!)

再下些,再下些!在这世界之坡的层层叠叠的台阶上流泻,每下一级,就给更接近大海的台板降一个调。(在任何遥远的地方,海都在我眼前,在我近旁;在任何遥远的地方,海都是我的姻亲我的欢爱。换言之——都被请到我露天的餐桌,和我的面包,和杯中的泉水融为一体,与青蓝色的桌布和银器,与盐,与枝叶间流泻的日光混在一起。)

再快点,再快点!穿过这陆地的最后几个版本,穿过这最后几道斑岩和片麻岩的熔流,直达那天然块金的岸滩,直达那喷涌而来的物体本身!喷涌而来的大海本身!那力量与光辉的颂歌。有一晚人把战栗的畜生朝它赶来,

那畜生一身白毛,被汗水染上紫色,似乎因为终

---

① 巴拿马位于太平洋岸线的终端港口,在巴拿马运河南端。
② 西班牙航海家,历史上第一个渡过达里安海峡、抵达太平洋的人。上述港口即以其姓氏命名。

将死亡的痛苦而在那儿伤心……

我知道!……什么也不要再次见到!——可是因为我无所不知,无所不熟,生活难道不就意味着重见?

……一切都是我们所认识的。记忆啊,在所有我们还不曾住过的新土地,您总是走在我们前头。

在土砖坯、石灰和角质物颜色或者肉豆蔻色的瓦中,一种同样的担心彻夜不眠。它总是走在我们前面。而所有地方树叶摇曳的阴影在墙上画的记号,我们早已画过。

*

这里是沙滩和缝合线。再过去便是背弃……西方的海,仍为我们的所有幽灵所熟悉的海。

*

……再远些,再远些,那里,是离得最近的荒岛——低矮的圆岛,像星辰,周围是无限的空间——词汇手册的岛,家系学者的岛;沙滩上盖满了生殖的标记,和从王陵窃来的头颅……

……再远些,再远些,那里,是高高的岛屿——

百名雕像修琢工手里的浮石岛；嘴唇封闭了文字的奥秘，石料散置于沙滩和噘着倨傲下唇的巨大雕像四周……

……再过去，是地道的、更加荒僻的礁石——一群无以安慰的大苦行者，他们就着远海的雨水，洗濯他们流着怜悯的面孔……

……再过去，西边最后面的，是二十年来生长着最后一株灌木的岛屿：我们认为是一种熔岩楝科植物——自由的水咕咕地叫着，叙说小湾的崩塌。而风永远栖宿在玄武岩众多的孔眼里，栖宿在缝隙和洞穴，空空如也的房间里，和大堆大堆的红色凝灰岩上……

……再过去，再过去，是心绪在广阔海面上的最后几道皱纹。而我的诗还碰巧与它的影子一道在海上长大……

……再过去，再过去，除了你本身，还有什么？——除了人，还有什么？……在海上，中午过后的子夜……单独的人宛如水面表盘上的日圭……死亡的雷管在他嘴里爆炸……

……人在海上可能死亡。有一晚停止报告他的行踪。人嘴里仍含着虚无的雷管……

3

正是在你沉思的当口事情突至：倏忽的闪电宛如十字军骑士！——脸上有刀伤的人横过大道，拦住你的路，

就像陌生人猛然跳出壕沟，把旅人的坐骑惊得一纵而起。

可对骑马奔向西方的人，一只看不见的手拉转他坐骑的脖子，把它的头对着东方。"你在那儿抛弃了什么……"

*

以后想想这事吧，但愿你想得起来！还有那与大受惊吓的畜生保持距离的

更麻烦的灵魂。

4

某个秋天的晚上,我们会随着雷雨最后的轰隆声回来。那时被飞越的海湾那厚厚的三叠纪向死者的太阳打开它蓝色柏油的墓穴。

歪斜的时光在金属的翅膀上,用绿色的火星扎牢它的第一根光刺。那是一股旺盛的活力,直迸射到我们翅膀。

可突然,在我们前方,那黑暗的高坝下面,我们女儿的温柔光明国度,一把金刀插在胸口!

*

"……我们曾与一个时代的终结约会。现在,我们闭着嘴唇,处在你们中间。而风与我们同在——因一种辛辣而猛烈的,如常春藤酒一般的成分而陶醉;

"它不是唤来和解的,而是刺激人的,它对你们唱道:我将刺激你们的骨髓……(但愿这支歌的范围有限!)

"可我们的要求并没有沉默,债券也未见减少。我们的损害无可弥补,债期将不会推延。

"我们将要你们报告新人的情况——不是熟悉岁差的人,而是精通人类管理的人。

"新的时刻已经盘旋,翅膀在我们的废墟上发出尖啸。这是新的啸声!……但愿没有一人想到,但愿没有一人想到抛弃他的同一种族人!

"文人白鞋底下所有亚洲的青草似不能使我们摆脱这新的活动;佛罗里达绿色之夜飘溢的草莓与黎明的芬芳亦然……"

——你们,为数众多的人和成群结队的人,你们不要称量我的同种同族人。在耻辱的深渊里,他们生活在你们上面。

他们是你们的肉中刺。是精神之剑的尖端。语言的蜜蜂① 停在他们额头。

对于由那么多方言组成的人类的累赘语句,他们是唯一会使用腔调投掷器的人。

---

① 蜜蜂象征口才。据说柏拉图演说时,蜜蜂停在他的唇上。

＊

……某个秋天的晚上，我们会回来，带着唇上这股常春藤味；带着红树果、牧草和喇叭形河口宽阔处的淤泥味。

如同那位德拉克[①]——据说他曾在海上吹响军号孤身一人进食晚餐——我们会不会给东方带回一种比在最宽阔海湾的弧线上生长更宽更阔的运动？……

我们会回来，连同可复返的物体的移动，连同季节漂泊的进程，连同在常轨上运行的星辰，

每月三颗星仍在与太阳的同落中相互交替，人的革命在行星兴奋的高峰年头加剧。

而风，啊！风与我们同在，在我们的意图里，在我们的行动中。愿它是我们的担保人！（如同他乡，如同大沙漠那边的密使，

他长久地奔波旅行，给他铁的罂粟带回火的插条；或者他边喊边往前走：给你们的田土播种咯！给你们的坡地插葡萄咯！于是当地人忍着不适起床。）

[①] 英国航海家，从小在海船上长大，熟谙航海技术，是英国环航世界的第一位船长。1596年远航西印度群岛，部下大部死于热病，他自己最后也染上热病身亡。

……抑或，天亮前，我们必须沿着静悄悄的海关和调车场，然后经过郊区、后院和附属建筑，才能飞越仍被绿灯照耀的港口？

天亮前，我们必须从异乡开条路，直达家门口？那时街上尚无一人。从早起的帕耳卡①手里夺取游魂野鬼在拾荒者的破烂堆里寻找剩余垃圾箱和废品学说的时辰……

乞丐啊！这是大群真梦或假梦沿着河流沙滩，绕着失去幸福的深宅大院，在认不出的道路上散步的时刻，

置身在摩羯星座里，水星的可见度仍然相差不大，而火星或许保持它对灿烂辽阔的博斯②的最大权力，

战士的床铺仍旧长期空着。（他们说，他们为我们做了预言：但愿他们长期留神，防止旧事重演。）

*

"……海燕，我们在雷雨视觉窝里的睫毛，你们可是在烟气袅袅一片模糊的散乱大作品里辨读新的字母？

"未来的岸啊，你们既然知道我们的证书将在哪里登记，我们的诸神将被移入什么新的肉体，

---

① 西方神话里掌管生、死和命运的三女神。
② 法国巴黎盆地一地区名。

"那就给我们保留一张充满活力的床,那就给我们保留一处了无灰烬的住所……"

流亡的最后一些海岬——一个人仍在风中与他本人一起召开会议——我最后一次举手。

明日,这块大陆将被抛弃……而我们身后,仍是这道岁月时辰的全部航迹,这衰老雷雨的全部沉积。

在那里,我们走进各种族的人之中。我们有丰富的经历。我们四处漫游。我们了解了一个又一个国家一个又一个民族。我们讲述所飞越的江河、讲述逐渐消失的平原,和整个儿挤在它们圆盘上从我们手指间溜过的都市——计算的大转弯,翅膀上的滑移。

……宛如巨大的曲线朝它的终点弯下来,在这时间折向它的岸转向它的终点港的巨大弯道上,

我仍看见雷电下屹然耸立的城市。在闪电照耀下,那管风琴一般的城市,仿佛是用纯粹的光的柯枝搭构的,那两只先知的角仍在码头,在街巷深处寻找民众的墙面……

这样的特征是令人难忘的——一如令人厌恶的畜生额上的命运叉,或如在其黑石骸骨上分成两岔的藻类。

5

风和你们，亦和我们，同处在我那种族人的街道！

"……我们曾和一个时代的终结约会。我们现在与另一时代的人同处吗？

"大量的公开放弃似不能满足我们的欲望。我们身上的要求并未沉默。

"对于我们，与过去存在之物不再有谅解。

"我们曾有太多的过于镇定的膝头。小麦曾在那儿

"接受教育，学习石头关于我们位置的普律多姆[①]式议论和古罗马民会那些童贞女关于银行票据的说法；

"我们颜色过于金黄的钱币上那些手持棕榈枝与

---

① 法国作家 H. 莫尼埃小说中的人物，平庸而自负，好用教训人的口吻说蠢话。

橄榄枝的女人为数太多,就像弗拉维氏族皇帝们①的母亲与女儿。

"利亚②啊,我们曾有太多家庭的伟大联姻,太多在俗的神职人员,曾有太多的理智节日,和太多由国家权力机构确定的闰月。

"这些文字游戏的材料,我们有一整套。你们制造奶油的牲口,你们的牛棚恐怕不能再为此支付费用。

"而靠近城市的档案馆,仍会在黎明挂起它们虚幻的,如盲人角膜翳一般毫无意义的石头颈饰③?"

*

啊!当一个个民族因过分智慧而灭亡时,我们的想象是多么虚幻!……桂竹香和长生草诱惑你们的高墙。土地述说它复活的国王的故事。在那些辽阔的伯爵领地——小麦在其中享受安乐,把火与炭分送给礼拜日的大管风琴——窗边女人的陶醉把蟋蟀挂车的声响溶入梦幻的车辆场……

---

① 指公元69年至96年在位的古罗马帝国皇帝韦斯巴芗及其子提图斯和图密善仨人。
② 《圣经·旧约》中雅各的第一个妻子。
③ 指那种圆形或椭圆形,可装亲人肖像或头发的首饰。

你们荒原上寡妇的女儿，在家庭的林子里寻找紫葡萄的姑娘啊，你们可曾以拾捡你们海边的无主财物为生？……冲上海岸的珊瑚、龙涎香，其他大西洋的奇迹——古老三桅战舰上的浅黄褐色线角，漆成黑色或金色的壁板，都由神祇的手在海上摊出来，作为你们获得的嫁妆，和你们亡夫的遗产——或许印度少妇怀里，也藏有一件船头雕饰，要在某个冬天的晚上，在厨房，拿来与奶姊奶妹的爱物定亲？……

你们，挂招牌的小城那些小街死巷里的男人，你们很可以在白日赚取你们上好成色的铜板：这是交给你们堂区财产委员的彼世纪念品和什一税——教父，你已照店铺的样子，量完了你的呢绒？你无论如何会把国王们拖进店堂后间？你的葡萄酒提出来，被一些别人喝了。可担保人不再是有产之人……

*

"谨慎，你在铅垂末端的准则，你在衰退恢复之末的俭省，我们曾拥有够多。也曾有够多的旺特[①] 和

[①] 意大利烧炭党的秘密集会。

特兰西瓦尼亚①的旅馆,那些在有金碧辉煌的阳台和女修院铁栏杆的广场角上卖古董的女商贩——迭橱式写字台、玳瑁收藏柜,或圭亚那式橱柜,玩具橱和装女诗人折扇的波希米亚玻璃盒——够多的祭坛与贵妇小客厅的旧家具,够多的依靠公证人收回的家庭的花边……

"对继承了家庭一笔小遗产的人,因娶妻嫁人而在黄金地段获得一所好房子的人,或在教堂广场开设消闲楼屋的人,在田野拥有一个小葡萄园,或在外省拥有流滴金胶的植物园,拥有如寓言作家所描写的一座盖着彩色屋顶的古老风磨,或者,河边的一园蜜蜂,和古老修道院的门拱便有可能满足的人,又有什么话好说呢?——或者更好,用其交易所的收入,贴着荒城的墙根,建一座凉亭或一座游乐园,墙角凹进或凸出——葡萄棚下面镶着铁和金的花边,圆形房间内部贴上豪华的蜜色或金色墙饰,卧房里处,放床的凹室,羽绒睡袋仍留着夏末的夕晖……

"啊,温暖,啊,软弱!啊,温暖和让年轻男子变得一脸苍白的场合……总是有足够的奶,可以满足爱美者的牙齿和自恋男子的肠道……可是,当我们的女

---

① 罗马尼亚西北地区名。

儿戴上战盔,性子变得暴烈时,你们,语言死去的风采啊,你们还会高唱贵妇小客厅的小咏叹调吗?……

"财产被吹走,投资翻一倍——在整个废墟上生长出崭新的思想!……啊!让新思想颤动吧!让新思想颤动吧!……让它,发出尖啸的它震颤我们!——就像弓箭手的角质扳指拨动浸了树脂的弓弦。"

*

在池塘尾部沉睡着干酪样的物质。落叶化成的烂泥淤塞在阿波罗水池。

让人给我们把这一切清除!让人为我们分吃这垃圾和黏液制作的面包。让人搬走各个时代留在它们淋巴液的所有沉渣!

让仍在灯芯草之间穿飞的苇莺为我们歌唱新潮的上涨……

奔涌的新潮在这些粪水和水垢中开辟它凉爽的道路,而新年自胸部给自己展现一道光辉灿灿的航迹,这就像满身汗水的幼畜和在埃尔比勒①的急流中直抖

---

① 古城名。在今伊朗和伊拉克交界处的扎格罗斯山脚。公元前331年马其顿国王亚历山大三世和波斯王大流士三世曾在此激战。

身体的武装男人性的愉悦……

"熔岩石!和无垠耕地卷边的起伏,向无限的世界举起患着腮腺炎的庞然大物!

"哦,卸货!哦,大车!墨黑的熔岩天使在车上仍对我们高歌火山喇叭曲,把脖颈震断,子宫震裂!……

"而风与它在一起!如怒海翻腾的闪闪浪花,或经过沙洲,进入碧水之前,突然腾起的滔天巨浪!……"

*

……谢天谢地,不安并非不在所有海域游荡:

它伴随我们树林里雷雨的叛乱,伴随所有荒原和休闲田上风的蒺刺和尖鳍;

它在风起云涌如农民起义的天的蓄谋之中,在农庄院子的麦秸里,

在长柄镰刀、长柄叉和牲口棚的大件铁器之间;

它伴随谷仓里链条的微颤,和昏暗中马刺的碰响,

如在春分秋分时节,在种马饲养场,当种马放养员被人劝说在当地娶妻的时候……

一股南风会在隔离火墙刮起吗?如果是的,当地会充满敌意。谷物会涨价,年轻男子的床铺仍会空着……而诗的诞生会招致讯问……

*

"……那么,你们就是从这一切里获得力量的酵母,灵魂的起源。

"是在男人土地上建设的时候。是女人土地上的新生。

"一些伟大作品已经在你们的黑麦地里,你们的小麦穗上战栗。

"向新年敞开你们的门廊……你们脚下要诞生一个世界!一个超脱习俗与季节的世界!……

"直线划向颤动着未来的斜坡,弯线转向被风格的灭绝所诱惑的广场……

"——快点!快点!最猛烈的风的话!"

——用鞋跟,在地面仍踏响这种节拍,给地面的节拍,

仍是这种节拍,最后的节拍!作为踏给歌唱大师的节拍。

而和我们一起的风宛如歌唱大师:

"我将使你们行动的活力加速。我将把你们的作品引向成熟。

"而你们将磨尖你们的行动本身,如石英或黑曜岩的光芒。

"同谋者啊,一些活泼的力量,奔向你们妻子的母腹,如同光的折磨射向被拴系的金船船肋。"而诗人与你们同在。他的思想在你们当中如观察塔。让他一直观察到晚上,让他观察人的运气!

"为了你们我把他的眼睛移植到深渊。至于他大胆做的梦,你们将把它们变为现实。在他诗歌的发辫上,你们将编织出他未完成的行动……

"哦,清凉,哦,在语言的源泉重新感到的清凉!……新葡萄酒不再地道,新亚麻布不再凉爽。

"……而你们先前时间太少,来不及在此刻降生!"

6

……这是在人的土地上刮的太大太大的大风——在我们中间劳作的太大太大的大风,

它向我们歌唱生活的恐怖,又向我们讴歌生活的光荣。啊!在危险的极点,向我们颂扬,向我们讴歌,

并在不幸的荒凉笛声中,把我们这些新人,引向我们的新模样。

这是在人的大道劳动的太大太大的伟力——正在劳碌的太大太大的伟力。

它使我们在随俗的人中超脱习俗,在时令的人中超脱时令。

它在不幸的荒野石头上为新的婚礼还给我们已收过葡萄的土地。

正在汹涌高涨的大浪有一晚把我们从高地那种波

浪，从外海那种波浪中夺走，

并把我们这些新人，举到瞬时的极点。有一晚，它以这同样的运动，把我们抛上这样的海岸，然后弃我们而去，

把陆地、树叶、利剑留与我们——还有新蜜蜂飞来飞去的世界……

游泳者就这样以同一种运动，在他游动的反面寻觅天的双面新服饰；突然，他的脚触到了沉沙边缘。

然而运动仍留在他身上，并且扩展，尽管只剩下回忆——崇高在生活的螺旋上低语与呼吸，

可是皮肉下灵魂的贪污使他长久喘不过气——一个仍在风的回忆中的男人，一个仍然爱风如爱葡萄美酒的男人……

如同一个曾在白色瓦罐里饮水的男人：对他的嘴唇仍怀好感，

而灵魂在他舌上发疱，如同气候失常，

灵魂在他舌上多孔的味觉，如一枚黏土的皮亚斯特……

哦，既然雷雨给你们解热，活力和新观念将使你

们活人的床笫凉爽，不幸的臭气再不会污染你们妻子的衣物。

从诸神那里收回你们的脸。从铁铺炉火里夺回你们的神采。你们将听见在鞘翅和贝壳残屑上再生的事物发出欢呼，而年岁正在流逝。

因此你们可以把擦油后显出猪肝色的长剑重新投入炉火。我们将把它们打成犁铧，我们还将熟悉为爱情而袒露的大地，在爱情下面移动的大地。不过那移动比沥青的流淌还要滞缓。

唱吧，温柔，在夜晚和微风最后的颤动中，像心满意足的畜生渐渐安静。

这是今晚太大大大的大风的结尾。夜在别的巅峰梢尖扇风乘凉。陆地在远处给我们讲述它的海洋。

诸神如果喝醉了，还会在人的土地上迷路吗？而我们关于耶稣诞生日的大题目，在饱学之士那里会得到讨论？

一些信使还要去会陆地的少女，让她们怀上一些会服侍诗人起居的姑娘。

于是我们的诗将在人的大路上行进，带着另一时代的人留下的精液与胎儿——

我种族男性中的一个新种族,我种族姑娘中的一个新种族。于是在人的大道上我这个活人的声音渐渐地,由一个人接一个人口口相传,

直到那遥远的死亡逃之夭夭的海岸!……

7

当强力更新了人在大地上的床,

一株太老的古树,枝叶都已干枯,又开始念叨它那些准则……

而另一株高层的大树,已经从地下的大印度帝国长出来,

枝叶鲜润,新果累累。

七百英亩岛(缅因州),1945年

纪年诗

一

"高龄啊,我们现在到了高龄。高地上笼罩着黄昏的清凉。家门前吹拂着海的微风,而我们裸露出面孔朝向更广阔的竞技场……

"一个长久发烧的红色黄昏,只只水龙头甘拜下风,我们看见西边天际更红,更显盐田里昆虫的那种粉红:大沙漠的黄昏,巨大的星体,那里的白昼最初的消隐,在我们看来如同语言的衰退。

"于是在世纪整个辉煌的平地,是五脏六腑的撕裂:衣服在母液中洗涤,男人的指头映着青紫至极的天光,在梦的血染的断口——见肉的伤处漫步!

"一团孤独而迟缓的浅淡乌云,借着南天附近一股迅猛的扭力,蜷曲起它那长着纱罗鳍的白色鲨肚。傍晚赤红的公马在石灰岩中嘶鸣。我们的梦幻系在高处,依照出生于海的星辰安排的上升……不过我们今晚梦见的,可不是那同一片大海。

"地势尽管这么高,远处另一片海仍然涌起来,在人头的高度追随我们:大地的地平线上,是高峻的山岭和岁月的堤坝,如同亚洲额上的石墙;而在生死同群,总是一样的人类地平线上,则高耸着起火的门槛。

"傍晚的人,抬起头。年岁的大玫瑰转向你安详的面庞。天空的巨树,如同仙人掌,在西方披上鲜红的胭脂虫衣裳①。为了转到最高的草场牧养,我们在飘散干藻香味的傍晚之火里,训练以野草莓和刺柏为食的半天云里的大岛。

"高天的发烧和火炭床。为千峰万岭尽染金色的夜晚而订立的妻子法规!"

---

① 有一种仙人掌名为胭脂虫仙人掌。

二

"高龄啊,您说谎:是火炭之路而不是灰烬之路……我们面孔赤热,灵魂高飞,还要跑向什么极端?以年岁衡量的时间不是我们时代的标准。我们与最小的最坏的毫无交际。对于我们来说,神的湍流奔腾到了它最后的漩涡……

"高龄啊,我们踏上了漫漫无尽的路途。所有的山口响起了长鞭的炸裂!山岗上传来高亢的呐喊!他乡的劲风迎面扑来,吹得人在山石上躬身爬行,如同田地上的犁杖。

"黄昏的翅翼,我们将跟随您……眼睛在玄武岩和大理石里扩张!人声回响在大地。人手伸进岩石,从它的黑暗掏出一只苍鹰。但上帝在日期里沉默,因为我们的床被拖入空间与时间。

"饰以象牙护手甲的死神啊,你徒然交会我们骨头的崎岖小径,因为我们的道路伸延更远。那由我们安顿并雇用的仆人穿着骨甲,全副武装,今晚将在弯道口开溜。

"于是留下这句话要说:我们现在以死亡之外为生,我们将来以死亡本身为生。奔向枯骨堆的马匹过去了,嘴上还留着人间鼠尾草的余香。而库柏勒①的石榴仍以其鲜血染红我们妇人的芳唇。

"我们国王属于黄昏前的时光,一个世纪的辉煌升向其顶点;我们在其中并未拥有公正的床笫和荣誉的营房,而是拥有在斜坡上摊开的所有织物,一浪一浪地摊开的大片黄光。傍晚的乞丐把它们当作帝国的绸缎和进贡的生丝,从那么遥远的地方汇集拢来。

"没有老师的方程式下一根白垩的指头,这种情形我们已经见够……而你们,我们的大兄长,穿着坚硬的袍服,携着你们巨大的石书,从不朽的斜坡上走下来。我们在暮色将临的光亮里见到了你们翕动的嘴

---

① 古希腊罗马神话中的女神,为天上万神与地上万物之母。

唇：你们不曾说出有声并萦绕我们耳际的话语。

"森林小蛱蝶在沙滩上游荡，为了妇人作品的生产还有你们灯盏投照的其他分娩！……神这瞎子在盐和黑石、黑曜岩或花岗岩里闪闪发光。轮子在我们的手之间，宛如在阿兹特克人①的石鼓上运转。"

---

① 墨西哥的印第安人。

三

"高龄啊，我们来自大地的所有岸滩。我们的种族古老，我们的面孔无名。对于我们过去所有的人，时间知道底细。

"我们独自行走在遥远的路途，大海载负着我们使我们感到陌生。我们熟悉了阴影及其玉的幽灵。我们见到了让我们的牲畜惊恐不安的火。而老天把愤怒装在我们的铁罐里。

"高龄啊，我们现在到了高龄。我们未曾留心玫瑰和老鸦企属植物。然而亚洲的季风拍打着它泡沫或生石灰的乳液，直达我们的皮榻或藤床。发源于西方的几条巨流，缓缓地往海里吐放它们乌黑河泥的稠厚乳糜。

"有一晚，在苍绿的斑螯累累爬行的红土大地上，在非洲的蓝色佛法僧①飞起和溅得大湖水面噼啪作响的大群北鸟的降落中,我们听见淅淅沥沥地落下头一阵温和的雨点。

"别处一些无人统领的骑兵拿坐骑来交换我们的毛毡帐篷。我们看见大漠的小蜜蜂飞过。带黑斑的红昆虫在海岛的沙上交尾。夜晚的古老水蛇不曾为我们用都市的灯火烤干它的血液。

"发生日食,天空开始变得晦暗的那天,当天上乌黑的母狼从心口咬住父辈苍老的天体时,我们或许是在海上。在灰绿如新生儿的眼睛,发散着精液气味的深渊里,我们裸体而浴——祈求一切善为我们变恶,一切恶为我们变善。

*

"掠夺者,当然!我们就是;我们不从任何主宰,而是从我们自身获得解放证书——那么多的圣地被曝了光,那么多的教义被剥得精光,好像光腚的婆娘!黑珊瑚码头上在进行拍卖,所有锚地上在焚烧旗幡,

---

① 一种鸟名。

而早晨我们的心就像万船云集的海港……

"水上漂荡的命运啊,您把我们领到活生生的灵魂面前,哪天晚上在陆地,您会告诉我们,是哪只手给我们穿上了这件神话的火红长袍,是从哪个深渊底部好歹给我们升起了渐红的黎明,我们身上神圣的部分是否就是蒙昧的部分?

"因为我们多次出生在无边无际的白昼疆域。在所有餐桌上招待的这道菜是什么菜?因为主人缺席,我们便觉得它很可疑。我们经过,而作为乌有的产物,谁又清楚我们将成为什么种类?关于人,关于我们肩披羊毛斗篷头戴外乡人大毡帽的幽灵,我们知道什么?

"这样,傍晚在乡下人购买种子的角①状大镇里——所有水池都空无人迹,整个晒干的烂泥广场上印着分开的脚迹——人们看见那些不知姓名亦不露面孔的异乡人戴着卷边高帽,倚靠着雨檐下的石门柱;而本地的高大姑娘像阴影里的酒瓮,散发着幽暗和夜的气味。"

---

① 种子亦有精液之义,角亦有戴绿帽子之义。

四

"地球啊,我们这些漂泊者,曾经梦想……

"我们既无转让的采邑,又无不动的地产。我们既不知道什么是遗产,也不可能遗赠。谁曾知道我们的年纪和我们人的姓名?谁哪一天又会去讨论我们的出生地?名年执政官①、先祖,还有他的光荣,一切俱无踪影。我们的业绩远离我们,居住在它们闪电的果园。在昙花一现的人群里没有我们的一席之地。

"我们这些漂泊者,对祖母那张海岛黑斑木上雕饰有纹章的床,我们知道些什么?……对我们而言,那古宅古老的青铜锣上并无世家的名声。在我们看来,母亲(用蓝花楹木或枸橼树建的)祈祷室和有色种看门女人头上晃动的金钗并不显示贵族身份。

---

① 古时雅典以首席执政官的名字为年号之年被称做名年。

"我们不曾生活在制造竖琴或斯频耐琴的工匠的木头里,不曾生活在漆着香料酒颜色,铮亮的大家具的弯管里,更不曾生活在青铜雕刻物、缟玛瑙、壁柱凹槽和高大书橱的玻璃里(那些书橱一律琥珀色,里面摆满一色埃米尔① 烫了金的红皮精装书),

"而是生活在至今仍恶臭难闻的巨龟甲壳里,在女仆的内衣里,在令胡蜂迷失方向的马具房的蜡脂里,啊!在黑暗的老枪的石弹丸里,在海的木匠的新鲜刨花气味里,在家庭船台制造的帆船艄部斜桄托板里;更好一点,在为露天咖啡座锯解的白珊瑚团里,在配膳室铺砌的黑白瓷砖里,在马厩铁匠的铁砧里,在长着皮囊的黑壮畜生冒着雷雨,昂角拉起的闪亮链条的尾端……

"午夜的臭藻在屋顶下陪伴我们。"

---

① 阿拉伯语国家对酋长、王子和亲王的称呼。

五

"高龄啊,我们现在到了高龄。与这意义重大时辰的约会已被订立,而且是老早以前。

"夜幕降临,使我们带着大海的猎获返回。没有一块家庭的石板响着人的脚步。声音洪亮的苍穹之下,城里没有一所住宅,亦无铺着石玫瑰的院落。

"我们古老的船体长满藻类,是焚烧它的时候了。南十字座已在海关上空出现;驱逐舰返回了海岛;哈尔比鹰①正在弱肉强食的世界,连同猴子和蟒蛇。在天空的重负下,河口显得空阔无边。

"高龄啊,瞧瞧我们的猎获:全是白费气力,我们两手空空。路跑了又没跑;事说了又没说。我们背

---

① 南美的一种猛禽。

负着星夜归返,对生与死的理解,比人的梦告诉的更深刻。傲气后面就是光荣,泛青的长剑里闪着这道兴旺的灵魂之光。

"在睡眠的传说之外,是整个无垠的生命和生命的繁殖,是全部生存的激情和全部生存的力量,啊,是夜间的童贞女大步走过,衣袂飘飘——在我们门框上行走的巨大侧影——在脚跟刮起的整股强大气流!"

六

"……像他那样,手搭在坐骑脖颈,浮想联翩,做着美梦:'我将把家族的荣耀发扬光大。'(在暮霭之中,他脚下的平原翻卷着一块十分阔大的钢丝绒似的休耕地,他丈量着漫长路途树木繁盛的时间,看见——而这是实在的——整个透着隐隐青色飞翔着白鹭的下界。休闲的土地放养着它的刺柏和传说的水牛。)

"像他那样,手按着获得的票据和证券,计算着一份巨额财产(而开始行使收益权并未使他心满意足),

"我们把我们的习惯与法律施及全部财产。

*

"高龄啊,您俯瞰万物……地层最为广阔,位置如此之高,以致大海随处可见——那海是海外之海,梦外之海和母液罐：就是我们出生时所住的所有海螺壳中的那个壳壳……

"最低水位记录把它的数字告诉人心的高度，可这数字并非数字。大地的海洋在它的平潮中，把千百拱红树果实和奥妙，如同梦中用曲枝压条繁殖的葡萄藤，推向浩瀚的水面。

"他乡的风啊，请轻一点呼啸，在这高龄者守灵的夜晚。我们的抱怨不再是关于死亡。大地献出了它的盐①。黄昏时我们说了一句波斯祆教徒的话。水的精灵掠过地面，如同海鸥在荒漠贴地而飞。无以言表齐我们的太阳穴展翼飞行。对于我们，词语已经造尽……

"高龄啊，您俯瞰万物，静寂是您的数目。而梦幻是无边瀚海，它自身在其中洗浴。事物的汪洋包围了我们。死亡守在舷窗。可我们的道路不在那里。我们栖停在世纪的珊瑚——我们的歌之上，比梦幻更高。

---

① 盐亦有优秀分子、精英之义。

"时钟的摆动,置身在所有均等事物之中——被创造的或非创造的……树木在夕晖里给枝叶插图:仍在摇动我们童年的萨曼巨树;或是森林中那另外一株,它夜间开放,把精工制作的巨大玫瑰的重负举献给它的守护神。

"高龄啊,您在生长!视网膜朝最大的竞技场洞开;灵魂则渴望危险……这里是西方的庞然大物,和它吹在我们脸上的深渊的阴气。

"专心于财物的人不谈论财物的损耗和灰烬,却谈论在死者土地上行走时的昂贵饮食……大地发出远处海浪拍打珊瑚礁的声响,生命则发出山顶荆棘燃烧的声响。在无眠的深渊那丝般光滑的宽阔底部,在水、骨屑和熟石灰的幽明之中,是永久都在下着的雨。

"从前高地上一些人,脸涂赭红色,朝着他们的黏土方山,给我们表演没有动作的老鹰静态舞。今晚,在这里,面向西方,模仿船的横桁或天平梁,只须伸展双臂,便能以其尺度来丈量某年某岁的空洞:

年龄以其翼展跳的静态舞。

"或者手摸泥土,如同牧人把手插进百里香丛,我们坐在这些凹凸不平的白石上,在山岩那种椰仁和扁桃的白色中崭露头角:晶石与莹石光滑柔和,层层叠叠的板岩中,片麻岩闪射着灿烂的光芒……

"我们的手摩擦不凋的蒿草。"

七

"终于收拢了一件更宽大的粗呢衣服的下摆,我们在天上拼缀大地的这件巨服。

"我们身后,那边,在岁月的山坡上,是整个大地,起着笔直的皱褶,处处齐整,如同牧羊人宽大的披肩一直系到下巴……

"(因为事物的汪洋包围了我们,我们是否必须蒙住额头与面孔,如同人们在最高的海岬所见:沉思默想的人躲避雷雨,把一个口袋套住头以便与他的神会话?)

"……从肩头上,我们听见所有水外之物的涓涓流动,直到我们自身。

"这是大地在四面八方编织它海的足丝似的浅黄

褐色羊毛；而在平原深处，五月的大片蓝色阴影缓缓推移，悄悄地把天空转来大地饲养……

"大地啊，在审查官看来，你的纪年诗无可指摘！我们是放养未来的牧人。对我们来说，那无边无际的泥盆纪黑夜，还不够盛放我们的赞辞……我们，啊，我们现在——或者，我们过去——生活在这一切之中吗？

*

"……这一切好歹来临：大地在它的年纪和它太高明的语言里运动——运动中的皱褶，漂移，西方的偏离和无尽的献身，而在它重重叠叠如港湾的涌潮和大海浪墙的土层上，它那黏土嘴唇不停地突伸……

"地球的非凡面貌啊，但愿我们赞辞的后一句，为你的呼喊能够被人听见！比摩尔人的轧花皮革更波浪起伏的大地哟，爱坚硬了你的野生浆果！啊，人心中对于覆灭王朝的回忆！

"西方的天空像哈里发一样打扮，大地用矾土红洗濯它的葡萄园，人则用夜的酒洗浴自身：箍桶匠在他的桶库前面，铁匠在他的铁铺前面，而货运马车夫向泉源的石槽俯下身子。

"光荣属于供应我们饮水的泉水池！制革厂是祭献场，狗在屠宰场碎屑堆里滚得血迹斑斑；但为了我们夜晚的梦，剥栎树皮的工匠剥出一种更富丽庄重，如摩尔人头脑一般颜色的色调。

"……回忆啊，请留心你的盐①玫瑰。夜晚的伟大玫瑰把星星当作金匠花金龟，留宿于它的怀抱。在睡眠的传说之外，有负载日月星辰的人作的这种抵押！

"高龄啊，您夸奖吧，妇女们在平原起来，大步走向生活的紫铜矿。

"世纪的游牧部落就从那儿经过！"

---

① 法文里盐亦有刺激、兴味之义。

八

"……高龄啊,我们现在到了高龄——而且迈着人的步伐走向结局。麦子已经储够,是晾干和敬重我们打麦场的时候了。

"明日,会有偷窃谷物的大雷雨,闪电也会干活……上天的神杖①降临,以其数字给大地作标记。联盟已经建立。

"啊!但愿从大地一些参天大树上,也立起一些精英,如同把我们当作顾问的一群伟大灵魂。……而傍晚的严肃连同温柔的许可,降落于被薰衣草照亮的滚烫石径……

"于是最高的涂胶的树干上,那最高的半开半闭

---

① 指西方神话里的海尔梅斯神杖,上绕双蛇,顶有两翼,象征商业。

的叶片在它牙白色叶蒂上发出一个颤栗。

"而我们的行为离开此地去它们闪电的果园……

"让别人在板岩和熔岩之间去建设,让别人去抬起城里的大理石。

"更勇敢的冒险已经在为我们歌唱了。新手开辟出道路。灯火从一座山峰传递到另一座山峰……

"然而那不是闺房的织布歌,亦不是诨称《匈牙利王后之歌》,晚上用家传古剑的锈刃剥红玉米时唱的守夜曲,

"而是更庄严的歌,是别的利剑之歌。作为荣誉之歌,高龄之歌和主宰之歌,晚上它独自在壁炉前为自己开路。

"——灵魂在灵魂面前的勇敢,灵魂在泛青的长剑里壮大的胆气。

"我们的思想已经在黑夜起床,如同大帐篷里的

人黎明即起,左肩背负鞍具,在满天红霞下赶路。

"这是我们抛弃的地方。土地的果实堆在我们墙下,天下的甘霖蓄在我们水池,研磨药品颜料的大石磨躺在沙砾上。

"夜啊,那祭品,该把它送到何处?还有那赞扬,应该吐露吗?……我们高举双臂。在臂端,在如一窝雌鸟羽翼的手掌,托着那颗忧郁的人心,那里面有渴望,有热情,还有那么多未曾显露的爱情……

"夜啊,请在空无人迹的院落,在荒僻的桥拱下,在圣地的废墟和古老白蚁冢的碎屑中,一如在猛兽徘徊的青铜色石板上,

"谛听没有居所的灵魂那至高无上的豪迈步伐。

*

"高龄啊,我们现在到了高龄,请量一量人的心灵。"

吉恩斯半岛
1959 年 9 月

献给一个二分点[①]的歌

[①] 指春季、秋季昼夜平分的时点,即春分和秋分。

干　旱

当干旱在大地摊开它的雌驴皮，板结泉源周边的白色黏土，一块块盐田的粉色盐粒将通报一个个帝国的红色结局，而灰色的雌虻，那眼睛闪闪发光的幽灵，将作为慕雄狂患者，扑向沙滩上脱去衣服的男人……语言的猩红色烂泥，语调相当自负！

当干旱在大地上扎下根基，我们将经历一个易发人的冲突的时代：欢乐的与骄傲的时代将发展成猛烈精神攻击的时代。土地失去其膏脂，把枯瘦留给我们。该我们接力了！求助于人类和自由的奔跑！

干旱，恩宠啊！一个精英的荣誉与奢华！请你告诉我们你那些意中人的选择……作为神的西斯特尔①，请你来做我们的同伴和帮手。对我们而言，肌肉在此

---

① 古埃及一种形似球拍的打击乐器。

离骨头更近：飞蝗的肉或者飞鱼的肉！大海本身把它的墨鱼骨梭子和枯海藻带子扔回给我们：来自伟大的异端邪说的时间啊，整个肌肉的衰退与消隐！

当干旱在大地上拉开它的弓，我们将是短短的弓弦和遥远的振动。干旱，我们的召唤和我们的省略。"而我呢，"被召唤者说，"我在众人手上接过武器：愿所有洞穴都有高举的火炬，愿我身上每一块可能的地方都发出光明！我把我出生的那声遥远叫喊看做基础协和音程。"

而消瘦的大地发出其被嘲笑寡妇的太大太大的喊声。这是一声长长的消耗精力的激昂呐喊。在我们看来这是成长与创造的时刻。在边界都是沙漠，闪电变成黑夜的奇特大地，神的精神秉持着他启示的干燥寒风，而有毒的大地像一丛热带珊瑚兴奋欲狂……
难道这种雌黄不再是世界的颜色？

比摩尔女人或努比亚女人的头发更蜷曲的"腓尼基的刺柏"，还有你们，不会朽烂的高大紫杉，那些关押国家要犯铁面人的要塞和水泥浇筑岛屿的守望者，难道在整个那段时间，只有你们在此消费大地的黑盐？那石灰质的荒地上，重新长出了生有爪状根的植物和茂密的荆棘丛；岩蔷薇和鼠李是丛林的朝圣者。啊！但愿只给我们留下牙齿间的这截麦秆！

*

啊，蜘蛛蟹，温和又明智的蜘蛛蟹，所有梦想的母亲，陆地所有宗派的调解员和斡旋者，你不要怕地上的诅咒和谩骂。时光会复返，会带走季节的节奏；夜晚会把活水带给大地的乳房。时辰迈着草底帆布鞋的步子，在我们前面缓慢行走，而生活，性子倔强的生活重返它的地下隐蔽所，后面跟着它那群拥护者：它的"绿头蝇"或者专门叮肉的金色蝇，它的啮虫，它的螨，它的猎蝽；还有它的"沙蚤"，或者海蚤，以及它被海浪冲到沙滩上发出药房气味的各种海藻。绿色的斑蝥和蓝色的灰蝶给我们带来声调与颜色；而刺上鲜红花纹的大地将恢复其异教徒的玫红，一如为塞内冈比亚[①]女人织造的色染平纹织物。蜥蜴蜕皮后的大红皮疹已经在地下转变为鸦片和乌贼的黑色……游蛇样的美丽女访客们将再度来到我们这里，她们好

[①] 包括塞内加尔与冈比亚两国在内的地区，1981年宣布成立两国联邦，1989年解散，分为两个国家。

像刚下轿子，风摆杨柳一样扭着桑塞维里纳①一样的腰肢。非洲蜂虎和吃蜜蜂的蜂鹰将在峭壁上的洞穴里检查胡蜂。传送信息的戴胜还将在大地上寻找栖停的显贵肩膀……

没有枯竭的精液啊，让它迸射吧！爱无处不在，直到骨头里，直到角下面。大地本身换了旧貌。让发情期到来，让发情的叫唤传过来！人类纵临深渊，仍俯身在心的黑夜，毫无怨言。忠贞的心啊，让它听听一翼无情的翅膀在地下的扑腾……声音苏醒，并从蜂巢拯救出一群嗡嗡作响的蜜蜂；被关在笼子里的时间让我们听见远处斑啄木鸟咚咚咚的啄树声……雁鹅在干裂的稻田埂上给自己撒谷，公共的粮仓哪天晚上会屈服于汹涌而来的民众长浪？……啊，猎隼和奇才的土地——对人类慷慨给予，直到其得到恺撒们礼敬的海底源泉的大地——如此多的奇迹从你黑夜的深渊朝我们升起！这样，在雷雨抱窝的时间里——我们果真知道吗？——深海底下的小章鱼随同黑夜朝水的肿胀面孔升上来……

---

① 桑塞维里纳（Sanseverina），司汤达小说《帕尔马修道院》中的人物，主人公法布里奇奥的姑母。

黑夜将为大地带回清凉和舞蹈:在有象牙露头的骨化土地上,仍然响着萨尔达纳舞和恰空舞的乐声,它们固执的低音已经令我们的耳朵谛听地下房间的动静。在响板和木鞋跟的啪哒声中,穿过历史的时空,仍然听得到那个在西班牙境内驱散罗马行政总督无聊的加迪坦舞女的乐音……从东方移来的流浪雨——仍在丁丁当当地敲响茨冈人的铃鼓;而夏末的美丽骤雨,作为晚上的梳洗,从公海下来,还在大地上移动着展示它们饰满亮片的裙子的下摆……

啊,朝向生命的运动与给予生命的复兴!让所有的沙子流动!……时间贴着地面呼啸……为我们搬移沙丘倾角的风或将在白日指出夜间勾勒出睡在那儿的神祇面孔的位置……

*

是啊,一切就是这样。是啊,时间将复返,因为它们在大地脸上解除禁止宗教活动的命令。但是,革出教门还要段时间,现在还是亵渎神明的时期:大地还扎着古代牺牲者的头带,泉源还贴着封条……停止吧,梦啊,请停止教育,而你,记忆,请停止生育。

我们的新时辰贪婪刻薄！但它们也迷失在记忆的田野，它们从未在那里捡拾过麦穗。人生苦短，路途苦短，死亡把我们敲诈！奉献给时光的祭品不再是同一份。神的时光啊，请当我们的会计。

我们的行动走在我们前面，而厚颜无耻带领我们前行：诸神和无赖被同一个马刷刷毛，并被永远搞混进了同一个家庭。我们的道路是共同的，我们的爱好是一样的——啊，一颗没有香气的灵魂的这团火——把人推到活力的顶点：推到他最最清醒，最最简洁的本人！

精神的侵略，心灵的抢劫——来自莫大贪婪的时间啊。大地的任何祷告都满足为了我们的饥渴；我们身上的任何财富都堵不住欲望的泉源。干旱鼓动我们，饥渴刺激我们。我们的行动不是全部，我们的成果分成了小块！神的时光啊，你最终会不会成为我们的同谋？

神不遗余力反对人类，人类不遗余力反对神。词语不肯向语言纳贡：词语既无职务又无盟友，而且，它们以昆虫的贪婪，毛虫的馋欲，生吞活食语言的巨叶如同桑树的绿叶……干旱,恩宠啊,请告诉我们你那些意中人的选择。

天干地涸,岩崩石裂期间,在高加索的某个山坡上说着奥谢金语①的你们,知道邻近长着丛丛青草,拂着阵阵轻风的土地,会如何让人类闻到神的气息。干旱,恩宠啊!盲目的正午启示了我们:对征兆与物体的土地的迷恋。

*

当干旱松开它的紧抱,我们从它的恶行中留下最珍贵的礼物:消瘦、饥渴和生存的恩宠。"而我呢,"被召唤者说,"我会因这种狂热而兴奋。而老天遭受的凌辱则是我们的机遇。"干旱,激情啊,一个精英的节日与乐事。

现在我们行走在大批逃难的道路上。大地在远处燃烧其香料。肉体噼啪作响直至骨头。我们身后的地区在白日的烈焰下互相搂抱。被剥去衣衫的大地露出其刻着陌生符号的黄色锁骨。从前是黑麦田、生长高

---

① 高加索地区的一种方言。

梁的地方，现在白色黏土在冒烟，这是烘干的粪便的颜色。

狗与我们一起步下谎言的小路。正午这个叫叫嚷嚷的家伙在填满迁徙昆虫尸体的壕沟里寻找其死者。但是我们的道路在别处，我们的时辰发生了精神错乱，而且，喏，由于受头脑清醒折磨，被气候反常陶醉，我们有天晚上行走在神的土地上，像一群狼吞虎咽吃掉了自家种子的饥民……

*

违抗！违抗！我们的步态是果断的，我们的寻觅是厚颜的。我们未来的作品自发地竖立在我们前面，更尖锐，更简洁，更不留情面。

我们知道酸与酸涩的法则。我们的菜肴比非洲食品或者拉丁人的香料含有更多的酸，而且我们的泉源转瞬即逝。

神的时光啊，请保佑我们。哪天晚上，从一头大蒜的火辣，或许会诞生天才的火星。昨日火辣去了哪儿？明天它又将去何方？

我们将去那儿，而且是到得最快的，为了在地上围住闪光的诱饵。冒的风险是巨大的,但是我们会做到。今晚在那儿才是人类的所为。

通过连接额头与面部的七根骨头,献身给神的人类一意孤行,并且自我消耗到骨子里,啊,到骨头的爆炸!……神的梦啊,请做我们的同谋……

*

"神的猴子啊,别再耍你的诡计!"

1974 年

唱给一个二分点的歌

有天晚上响起雷声，我在坟地上倾听
这声给人类的回应，它很短促，只是一串轰隆。

女友啊，天上的雷雨与我们同在，神的夜是我们的反常气候，而爱，无论在何处，都溯往它的起源。

我知道，因为我见过生命溯回起源，雷霆在荒凉的采石场拾起其工具，
松树的黄色花粉聚集在平屋顶角上，

而神的种子，将去海上与大片大片淡紫色的浮游生物会合。
分散的神在形形色色的事物中与我们会合。

*

老爷，土地的主人，您看见下雪了，而且天上没

有碰撞，地上不见一具驼鞍：

塞思①与索尔②，轩辕黄帝和切奥普斯③的大地。

人的声音在人中间，青铜的声音在青铜里，在世界某个天无声音世纪无防的地方，

一个婴儿诞生。无人知道他的种族，也不知道他的阶层，

而天才肯定在拍打一个纯洁额头的脑叶。

啊，大地啊，我们的母亲，请不要担心这是个孬种：世纪短促，世纪人众，生命有其自己的历程。

我们心中响起一支既不知起源也不会在死亡中终结的歌：

大地与人类之间一个钟头的二分点。

1971 年

---

① 塞思（Seth），埃及神话中的罪恶与黑暗之神。
② 索尔（Saül），公元前 11 世纪希伯来第一任王。
③ 切奥普斯（Cheops），埃及第四王朝第二个法老，约公元前 2600 年在位。

夜　曲

现在它们成熟了，这些属于一种胆怯命运的果子。它们来自我们的梦，它们被我们的血滋养，它们经常纠缠我们夜的职位，它们是长久忧虑的果子，它们是长久欲望的果子，它们是我们最长久的秘密同谋，而且，它们常常迹近无赖，把我们从我们黑夜的深渊拖出来，引向它们的结局……让所有恩宠置身于白日之火！现在它们成熟了，穿起了大红袍子，这些属于一种专横命运的果子——这种命运丝毫也不合我们的意愿。

生存的太阳，背叛！哪里有营私舞弊，哪里就有冒犯？哪里有过错，哪里就有瑕疵，可那是什么样的过错？事情刚刚露头我们就做起了文章？我们又将生出狂热，遭受折磨？……至高无上的玫瑰陛下啊，我们可不是你狂热的崇拜者：我们的血将变得更苦涩，我们的照看将变得更苛严，我们的道路不大可靠。夜色深沉，我们的诸神从中脱身。狗的玫瑰和黑色的树莓为我们插满毁灭的海岸。

现在它们成熟了，这些属于别一个海岸的果子。"生存的太阳，覆盖我吧！"——投敌士兵的话。目击他经过的人将会问：此人是谁？哪栋屋是他的住所？在白日之火下面他独自去展示他黑夜的职位？……生存的太阳，君王和主宰！我们的成果是分散的，我们的工作并不光荣，我们的麦子无人收割：麦秆打捆机在夜晚下方等待。——现在它们染上我们血的颜色，这些属于一种动荡不安命运的果子。

无仇无怨的生活迈着其麦秆打捆机的步子行路。

1972 年

被那里的那个女人歌唱

爱，我的爱啊，夜晚辽阔，我们那么多东西被消耗的不眠之夜辽阔。

作为女人，感觉敏锐的女人，我跟着您，在男人心的黑暗里行走。夏夜在我们关闭的百叶窗上发光；紫葡萄在田间变青；山柑在路边亮出粉红的果肉；白昼的气味在你们产脂的树上苏醒。

作为女人，我的爱，我跟着您，在男人心的沉默里行走。

大地一觉醒来，只剩了树叶下昆虫的振颤：每片树叶下的针叶和蜇针……

而我，我的爱啊，我倾听万事万物奔向其终点。帕拉斯[①]的小猫头鹰让人听见在柏树间鸣叫；长着一

[①] 司艺术科学等的希腊神话女神。

双温柔的手的色列斯①给我们剥开石榴果子和盖尔西地区②的核桃;欧洲山鼠在一株大树的柴捆里给自己筑巢;而能迁徙的蝗虫啃噬着土地直到亚伯拉罕③的陵寝。

作为女人,有伟大梦想的女人,我跟着您,在男人心的全部空间行走。

住所对永恒敞开,帐篷立在您家门口,热情接待四周所有产生奇迹的希望。

老天的套挂车驶下山岗;猎逐原山羊的人毁坏了我们的篱笆,在小径的沙地上我听见神穿过我们的栅栏,他的金轴发出吱吱叫喊……我怀有很伟大梦想的爱啊,请让祭礼踩着我们房门的脚步举行!请让赤脚踏着我们地上铺的方砖屋顶盖的瓦片奔跑!……

睡在青铜地板下面的木匣里的伟大国王们啊,下面,下面是我们奉献给你们桀骜不驯的亡灵的祭品:

生命在所有墓坑里的衰落,立在所有石板上的男人,和收回其翅膀下所有东西的生活!

---

① 古罗马神话中的谷物女神。
② 法国西南部古地名。
③ 传说中闪族的第一个族长,希伯来人和阿拉伯人的共同祖先。

你们那些十个被抽杀一个的民众摆脱了死亡；你们那些被刺杀的王后化身为雷雨的斑鸠；最后一些凶蛮的德国雇佣兵被打发回了施瓦本①；而粗暴的男人亦套上马刺向科学出征。荒漠的蜜蜂加入了历史讨伐的檄文，东方的清静地植满传说……戴着铅白面具的死神在我们的泉水里洗濯双手。

作为女人，我的爱，在所有记忆的节日，我跟着您走。你听，我的爱啊，你听，

大爱在生命的衰落中发出的响声。万事万物像帝国的信使，在奔向生活。

城市寡妇们的女儿在描画眼皮；高加索的白畲用第纳尔②给自己赎身；中国的老漆匠一双红手油着他们的乌木帆船；而荷兰的大船散发着丁香花的芬芳。牵骆驼的人啊，你们把昂贵的羊毛送往缩绒工的街区。这也是西方发生大地震的年月，当里斯本的教堂门廊朝广场敞开，祭坛后部的装饰屏在红珊瑚的背景上全部点亮，教堂便对世界的面孔燃起其东方的蜡烛……冒险的男人们朝西方的大印度行进。

---

① 德国巴伐利亚自由州地区，旧时公爵领地，历史上以出产雇佣兵出名。
② 伊拉克等国的货币名。

我怀有最伟大梦想的爱啊,我的心扉为永恒打开,您的灵魂朝帝国开放,

让梦幻以外的万事万物,让世界各地的万事万物都成为我们路上的恩惠!

戴着铅白面具的死神在黑人家的节庆中现身,穿着巫师法袍的死神会变成方言吗?……啊!记忆中的万事万物,啊!我们曾经知道的万事万物,我们本身曾是的万事万物,所有在人的一夜时间里集合在梦想之外的事物,愿它们在天亮前变成抢劫变成节庆变成晚上化为灰烬的炭火!——但是早晨一个骆驼骑士从牲畜腹部挤出的乳汁,我的爱啊,我记得是奉上了您的嘴唇。

1968 年